Cositas

Seix Barral Biblioteca Formentor

Benoît Coquil
Cositas

Traducción del francés por
Rubén Martín Giráldez

Obra editada en colaboración con Editorial Planeta - España

Título original: *Petites choses*

Bajo el sello editorial SEIX BARRAL M.R.
Avenida Presidente Masarik núm. 111,
Piso 2, Polanco V Sección, Miguel Hidalgo
C.P. 11560, Ciudad de México
www.planetadelibros.com.mx

Primera edición impresa en España: mayo de 2025
ISBN: 978-84-322-4489-6

Primera edición impresa en México: octubre de 2025
ISBN: 978-607-39-3384-1

Impreso en los talleres de Impregráfica Digital S.A. de C.V.
Av. Coyoacán 100-D, Valle Norte, Benito Juárez
Ciudad de México, C.P. 03103
Impreso en México - *Printed in Mexico*

A mis padres

Las drogas nos aburren con su paraíso.
Que nos den, en su lugar, un poco de saber.
No es este un siglo de paraísos.

Henri Michaux,
Conocimiento por los abismos

Aquí tenemos a Psilocybe.

Psilocybe, que se yergue, se alza sobre la tierra, no muy alto.

Psilocybe parece poca cosa, el muy discreto. Pasa desapercibido. Un cuerpo flaco, esbelto, de una sola pieza; en lo alto, un simple sombrero café claro terroso, un poco desgastado por los bordes. Lo encontrarán a menudo cerca de un maizal o en una pradera, a resguardo del sol. Psilocybe, como todos los demás, se mantiene en la sombra. Y, como todos los demás, solo está ahí unos pocos días, después de la lluvia. Solo está de paso.

Nada llamativo, Psilocybe. Nada que ver con *Amanita muscaria* y su sombrero rojo de lunares blancos, salida directamente de un cuento infantil.

Pero calla bocas bajo esa apariencia de tipo común. Bajo la capa y el sombrero color tierra, pese a su corta estatura y su silueta filiforme, Psilocybe tiene las hechuras de un mago. Higrófano como es, su piel cambia de color según el clima. Si se empeñan en cruzarse en su camino, ojo: sus poderes son diversos.

Psilocybe no les concederá deseos de riqueza, no les ofrecerá la juventud eterna. Psilocybe no es ese tipo de genio benefactor. Actuará en ustedes según su propia voluntad, en la oscuridad, en la claridad o en el gris intermedio. No les dejará decidir casi nada.

Con toda seguridad, les acelerará o ralentizará el corazón, les dilatará las pupilas. Es lo que suele hacer. Sin duda alguna, les hará experimentar la euforia y las lágrimas. No les mostrará nada suyo, más bien les hará ver dentro de ustedes mismos.

Tal vez les enseñe a sus muertos, los que les precedieron. Sus muertos y también su muerte próxima. Será aterrador o tranquilizador, imposible saberlo de antemano.

Si tienen un más allá, Psilocybe lo tocará con los dedos. Les hará tutear a su dios, a sus dioses.

Si creen en el tiempo de los relojes, en el tiempo regular, resuelto y rectilíneo de los relojes, Psilocybe lo volverá líquido y sinuoso como el arroyo, lo espesará, lo hará sólido, gaseoso, convertirá las horas en segundos.

Si creen en los contornos de su persona, Psilocybe los abolirá. Psilocybe les amplificará, levantará las barreras aduaneras de su diminuto ego, hará de ustedes un árbol entre los árboles. Olvidarán lo que les distingue de la silla que les sostiene, del aire que les llena, de la lluvia que cae sobre ustedes, de la mosca que se les posa encima. Psilocybe los hará cósmicos.

De todo esto es capaz, a pesar de sus escasos cinco o diez centímetros, a pesar de su apariencia de don nadie. De todo esto no decidirán nada.

Psilocybe viene de México. Allí es donde empieza todo. Los Antiguos, en náhuatl, lo llamaron *teyuintinanácatl*, «el que embriaga», o *teonanácatl*, «carne de los dioses».

Alrededor de este Psilocybe el imperturbable, el que vuelve siempre tras la lluvia, alrededor de Psilocybe el que embriaga, gira esta historia. Alrededor de su pie flaco y recto van a orbitar todos: chamanes, hechiceros, investigadores, químicos, espías, hippies, sabios y locos, dioses y demonios. Acérquense y verán a Psilocybe, que apenas se levanta un palmo del suelo. Inclínense a recogerlo y verán dar vueltas a esos histriones del siglo pasado, embriagados como están de él.

Acérquense, y sabrán.

I

UN ATAJO HACIA LOS HONGOS

Gordon Wasson tiene apenas cinco años cuando se marcha de Great Falls (Montana), su ciudad natal, para mudarse con sus padres y su hermano a Newark (Nueva Jersey), cerca de Nueva York. A la otra punta del país, como quien dice. Él no lo recuerda, o solo lo recuerda como un viaje interminable cuya duración rozaba lo sobrenatural. Un viaje tan largo que conduce a otro mundo. Tal vez conserve, sin embargo, el recuerdo nitidísimo de esos pocos minutos en los que pierde de vista a sus padres en la estación de tren de Mineápolis, inundada por el vapor de las locomotoras, minutos que pasa con la mirada clavada en el logo del Northern Pacific Railway sin entenderlo, una especie de yin y yang rojo y negro que lo hipnotiza, hasta que su madre, nerviosa, lo encuentra por fin y lo saca de golpe de su hipnosis de niño cansado.

De modo que, a principios de 1900, los Wasson pasan de la interminable llanura de Montana a la gran ciudad vertical. Tomaron una docena de trenes para llegar hasta allí y, sin embargo, ahí los tenemos, rendidos pero felices, en su casa de ladrillo cerca del Hudson, a quince kilómetros de Manhattan.

El padre, Edmund Atwill Wasson, es pastor. La diócesis le concedió un ascenso para guiar a las almas descarriadas de la parroquia de Newark. Nos lo podemos imaginar como un hombretón barrigudo, que impone a sus hijos con unos ojos muy claros que abre durante sus sermones, porque le gusta dramatizar (sobre todo cuando les cuenta la historia de la zarza ardiente) y su vozarrón retumba en la nave.

Aunque no hace falta que nos imaginemos a un personaje austero: Edmund también es un amante de la buena comida y no desprecia el vino de misa, pronto el único alcohol que circulará en esos años de prohibición galopante. De hecho, está a punto de publicar un libro titulado *Religion and Drink*, en el que aboga por que sus feligreses puedan seguir bebiendo vino, dentro de los límites de la moderación cristiana, echando mano de san Juan Crisóstomo: «¡No condenen el vino, sino el abuso que del vino se hace!». Mientras las cervecerías y los bares cierran uno tras otro, mientras que en los salones se empieza a tomar agua de Seltz, Edmund, con los ojos brillantes después de unos vasos de la Preciosísima Sangre, tal vez diserta sobre las bodas de Caná o el éxtasis de santa Teresa de Ávila, «embriagada de vino celestial».

El gusto por el misterio, el pequeño Gordon se lo debe sin duda a su lectura inmoderada de las aventuras de Sherlock Holmes, por más que su padre le repita que en materia de misterio nada iguala a los de Dios y la Biblia, con mayúsculas. Pero eso Gordon ya lo sabe. A los catorce años ya va por su tercera lectura del Antiguo y del Nuevo Testamento, y encontró ahí una buena cantidad de misterios. Sus episodios favoritos, por orden de preferencia creciente: Jonás engullido y luego escupido por la ballena; Elías subiendo al cielo en un torbellino; y las llamas del Espíritu Santo posadas sobre la cabeza de los apóstoles, que empiezan a hablar todas las lenguas.

Gordon y su hermano Tom también deben al padre su buen inglés, esa prosa tan cuidada de la que hacen gala cada dos por tres, incluso para hablar de beisbol, porque el reverendo Edmund les prohíbe, a fin de enriquecer su estilo, el uso del adverbio *very* y del verbo *get*, y les prometió las llamas del infierno si se atreven a confundir *like* con *as*, *shall* con *will*, o *should* con *would*.

No contentos con hacer de sus hijos buenos cristianos y unos anglohablantes de excepción, los progenitores velan también por que se mantengan despiertos, tanto de cuerpo como de mente: una vez al mes, Gordon y Tom reciben un boleto de tren de ida y vuelta y unos cuantos dólares para ir a visitar solos un museo de la capital. Pura aventura: Nueva York es como un archipiélago. Hay que cruzar tres ríos para llegar a Manhattan, luego en la jungla de Central Park, esquivar a los granujas de la Quinta Avenida y a los espías de Times Square, para acabar descubriendo finalmente el tesoro esperado: una momia, un esqueleto de dinosaurio, un autómata musical, dependiendo del museo.

Un día, en el Museo Metropolitano, al fondo de la gran sala vacía de arte oceánico, Gordon se topa con una máscara de Nueva Guinea que observa —o, mejor dicho, *que lo observa*— durante casi una hora. Vuelve a estar hipnotizado, como en la estación de Mineápolis. Más que una máscara, parece un yelmo, un yelmo majestuoso hecho de escamas de tortuga, con una larga nariz puntiaguda en el centro y dos ojos enormes, completamente blancos, que lo dejan clavado en el sitio. En lo alto, un ave marina de madera, tipo albatros o fragata, con sus gigantescas alas desplegadas. Una máscara de metamorfosis, por tanto, una especie de objeto mágico capaz de transformar a quien la lleve en un ave marina, u otorgarle al menos el don de volar. ¿Es esto lo que piensa el pequeño Gordon allí plantado? ¿Se imagina calándose la máscara y sobrevolando Long Island? ¿Intuye que existen los viajes estáticos? Pero es todo, la ensoñación terminó, esta vez es su hermano quien lo agarra por el cuello.

Según la nota biográfica publicada por el museo botánico de la Universidad de Harvard, es alrededor de 1914 cuando se desata todo. La guerra estalla a lo lejos, Gordon tiene dieciséis años. Se acaban los museos. Se va a Inglaterra a reunirse con su hermano. En 1917, se alista en el cuerpo expedicionario estadounidense en Francia. Primero en la infantería, luego como operador de radio.

Después de 1918, una vez recuperada la paz, la nota biográfica pasa de las hazañas bélicas al currículo: Escuela de Periodismo de Columbia, Escuela de Economía de Londres, profesor de inglés en Columbia, reportero para el *New Haven Register*, columnista de economía para el *New York Herald Tribune*, aproximadamente cuarenta años antes de que Jean Seberg vendiera ese mismo periódico en los Campos Elíseos en *Al final de la escapada*.

El problema es que esto no nos dice si prefiere el

otoño en Londres o en Nueva York. Si fue el primero de su familia en viajar tanto. Si, una vez de vuelta, *añora Europa*, como Rimbaud. No nos cuenta nada de la guerra que vivió, si lo empujó a la madurez, si estuvo en Verdún o Craonne, si aún tiembla al recordarlo. Ese es el problema de las notas biográficas: no cuentan gran cosa. La de Wasson al menos nos informa sobre el niño soñador que dejó de ser o que acalló por un tiempo, pero no nos dice nada de su encuentro con Valentina Pavlovna Guercken, con quien se casó en 1926.

¿Fue en Central Park (que para Gordon era como un paraíso infantil), en los bancos de Columbia o en otro lugar donde se conocieron? Poco importa, porque las circunstancias hicieron que la mirada de aquel joven estadounidense pulcro, siempre encorbatado, periodista todoterreno y pronto banquero, se cruzara con la de aquella joven exiliada rusa, estudiante de Medicina y futura pediatra, que huyó de Moscú para escapar de la revolución. ¿Es la *wanderlust*, la llamada de lo lejano, lo que el uno reconoce en los ojos del otro, y lo que los unirá durante las próximas décadas? Tal vez también, en los años veinte, aquellos que hicieron viajes tan largos en su juventud se reconocían entre sí como miembros de una gran comunidad silenciosa por las arrugas de la aventura o del exilio en el contorno de los ojos.

Lo único que sabemos es que se casan en 1926, y que eso sucede en Londres.

Gran Bretaña es una isla acogedora donde llueve a mares, de modo que el suelo es verde y suave, y crecen todo tipo de musgos y líquenes. Como siempre está lloviendo, la gente se queda en casa leyendo *fairy tales*, atascándose de *stout* y de whisky, y suponemos que el país lo pueblan tantos buenos británicos como brujas y magos, duendes y hadas. Claro que está Londres, que no tiene nada de todo eso; Londres, que es un gran revoltijo de metal envuelto en humo tiznado y, en el corazón, un viejo rey que tose y rezonga. Pero, por lo demás, es una tierna campiña de fantasía donde abundan las *banshees*, los magos y los *pixies*, todos igualmente atascados de *stout* y whisky, y que más tarde serán reemplazados por los hippies y los punks. Subcategoría de esa población mágica, amigos de las brujas y de la lluvia, los hongos también están por todas partes, reino dentro del reino.

Pero Gordon y Valentina están en el mismísimo corazón del revoltijo humeante: se casan en una iglesia rusa en Londres, y a lo mejor después visitan a una vieja tía de Valentina exiliada en Kensington, o quedan con un antiguo colega en la City, o consultan libros en la British Library y, para terminar, toman un avión y vuelven a Nueva York. En fin, todo va muy rápido, en menos que canta un gallo los reclama de nuevo su seria vida de ultramar. La juventud ya se les escapa. No hay lugar esta vez para la fantasía campestre. Los hongos tendrán que esperar.

Será hasta un año después, en 1927, durante su luna de miel, cuando empiece su pasión común por los hongos. Esto lo sabemos a ciencia cierta: los propios Wasson lo dejan escrito en sus libros, aunque es posible que lo idealizaran un poco. El caso es que todas las biografías lo repiten de manera idéntica, hasta el punto de convertirse en su pequeña leyenda. El bello mito fundacional de su pareja y de sus investigaciones.

Por una vez, el viaje no es largo: pasan unos días en las montañas de Catskill, unos cincuenta kilómetros al norte de Nueva York. Allí hay hermosas colinas verdecidas, arroyos donde se pesca con mosca y muchos refugios para los ricos neoyorquinos en busca de aire puro. Miles de niños pasan sus vacaciones de verano allí, en el mismo lugar donde, unas décadas más tarde, se celebrará un famoso festival, la Woodstock Music and Art Fair. Pero no vayamos tan rápido.

Por ahora estamos en 1927 y las Catskill ya son el patio de recreo de Nueva York, pero también un excelente lugar para la recolección.

Gordon y Valentina llegan en agosto. Después de la lluvia, sin duda, porque esta es una historia de hongos. Han salido a caminar por el sotobosque. De pronto, Valentina —llamémosla Tina, como hace todo el mundo— desaparece del sendero. Se abalanza sobre un puñado de anacates..., le viene de inmediato a la cabeza el nombre ruso: *lissitchki!* Mira a su alrededor y descubre, con éxtasis, unos boletus carnosos a unos pocos metros —los *borovik*, ¡como en San Petersburgo!—, y todavía más allá unos níscalos, *tchernouschki!* Se arrodilla para olisquearlos, los recoge al instante, incluso prueba algunos crudos, está encantada. Cuando encuentra a Gordon en el camino, ha hecho de su larga falda un cesto de hongos. Gordon se asusta, no toques eso, Tina, tira esa porquería —*rubbish*, en su lengua materna—. O, si está más inspirado, cita a Shakespeare: «*For this, being smelt, with that part cheers each part; / Being tasted, slays all senses with the heart*», «Su olor comunica deleite y vida a los sentidos, pero si se aplica al labio, esa misma flor tan aromosa mata el sentido».

Sorprendida, Tina se burla un poco; lo creía más

informado sobre el mundo forestal. Le asegura que sabría reconocer los *lissitchki* y los *tchernouschki* entre mil hongos, que no son venenosos, que incluso son exquisitos dorados con un poco de mantequilla. Gordon hace una mueca de desagrado y ella insiste.

Le habla de su infancia en los bosques que rodean Moscú, recogiendo hongos —*mushrooming* lo llama ella—, le cita escenas enteras de recolección apasionada en *Anna Karénina*; le dice: a nosotros los rusos nos gustan todos, incluso los más venenosos, incluso los que provocan mareos, náuseas o locura, y algunos los veneramos. Ustedes los anglos no entienden nada, les repugnan, les ponen nombres horribles, nombres demoníacos: sombreros de bruja, falo hediondo, *Boletus satanas*... Les temen como al mismo demonio. ¡Son mico..., micófobos!

Gordon escucha todo esto, divertido pero un poco desconcertado de ser el digno valedor de un pueblo ignorante. Aun así, sigue inquieto, porque su querida Tina está decidida a llevarse su cosecha a casa. En la cabaña, a la hora de la cena, ella hace un gran sartén de setas, pero Gordon no toca nada, ni hablar, de hecho, preferiría que ella tampoco las probara, no le haría gracia quedarse viudo durante su luna de miel. Tina desdeña el comentario poniendo los ojos en blanco sin disimulo como la gran duquesa Anastasia y luego engulle con deleite un bocado de *lissitchki*.

Como buen micófobo, ya que salió la palabra, Gordon pasa mala noche, se despierta cada dos por tres para asegurarse de que Tina sigue viva. Quizá aún tiene a Shakespeare en mente, les digo, y sueña con los duendes de *La tempestad*, que se divierten plantando *«midnight mushrooms»* repletos de veneno.

Ella, micófila, duerme a pierna suelta.

No parece nada del otro mundo. A la señora le encantan los hongos, el señor los desdeña. Una minucia.

Sin embargo, esta disonancia entre ambos les llama la atención. Siguen hablándolo mucho después de esa noche en las Catskill, pues sospechan que debajo de eso hay algo más que una simple diferencia de intereses o gustos, que detrás de la minucia se esconde un gran malentendido cultural. Como si estuvieran encaramados cada uno a una de las dos ramas más distantes del gran árbol etnológico, en dos polos opuestos de la historia de los pueblos.

En lugar de olvidar esta discrepancia y considerarla una mera cuestión de gustos —sobre los que no cabría discusión—, los Wasson deciden profundizar en la diferencia, seguir esa línea divisoria, entender sus orígenes. Comprender por qué en 1927 una joven moscovita y un estadounidense descendiente de los primeros colonos —un WASP, como se dirá pronto— no se ponen de acuerdo sobre esa cosa a la vez tan banal y tan extraordinaria que son las setas.

De hecho, lo convierten en el hilo conductor de su historia común, ya que a partir de 1927 comienzan a leer frenéticamente todos los libros que tratan sobre los hongos en las culturas antiguas y modernas. Se apasionan por las nomenclaturas y por cómo se consumen aquí y allá, por cómo los convierten en seres superiores o en monstruos. Por todo el país, e incluso fuera, los Wasson peinan bibliotecas de museos, colecciones etnográficas e institutos botánicos. Sus cuadernos se llenan de bocetos, mapas, ideogramas y nombres sobrenaturales, *Lycoperdon furfuraceum*, *Marasmius oreades*, sátiro elegante, *fairy circles*. Se abre para los Wasson toda una vida de investigación, de manera que aquello que los separaba ahora los une. En el ínterin, se inventan un título para su estrambótica pasión: van a ser *etnomicólogos*.

Pero uno no se puede pasar la vida en el sotobosque ni en las bibliotecas. Por más etnomicólogo en ciernes que seas, a veces también toca ser banquero, no se sabe muy bien por qué.

Ese día, Gordon Wasson está en su oficina, que imaginamos flotando en el cielo de Manhattan, en una torre plateada como las que brotan por decenas en la ciudad en esa época. Observa por la ventana el hormigueo cotidiano de la muchedumbre, pero piensa en sus setas. En 1928, poco después de su estancia en las montañas Catskill, Wasson consigue trabajo en la Guaranty Trust Company y ahora lo tenemos en lo alto de Wall Street. En la puerta de su despacho tiene su nombre grabado en una plaquita de latón y, justo debajo, el título de un puesto prestigioso. Cuando trabajas en la Guaranty Trust, antes de subir al cielo por un elevador de última generación para llegar a tu oficina, asciendes por un tramo de escaleras entre columnas dóricas, porque el banco es un templo y Wall Street una acrópolis.

Pero pronto las columnas de los templos temblarán y se alborotará el hormiguero. Es miércoles. Miércoles, 23 de octubre de 1929, y mañana la bolsa se va a desplomar.

Por ahora, sin novedad, solo la agitación normal en las calles. Mañana será otra cosa, una jornada hecha de silencios mortales y luego de gritos repentinos, de correteos por Wall Street presas del pánico y, entrada la noche, de borracheras desesperadas. Habrá sombreros, bufandas pisoteadas, carteras abandonadas en la acera.

Ese miércoles, justo en el momento en que Wasson fantasea en lo alto de su torre, un joven muy moreno pasa por abajo. Se llama Federico García Lorca, de oficio poeta, y pasea su pena por las calles de Nueva York desde hace algunos meses. Su estancia en la ciudad es para él como una larga pesadilla en plena vigilia. Todo lo que ve a su alrededor, la soledad de los transeúntes, la miseria en contraste con la opulencia, el concreto y el acero, todo le asusta. Wall Street, lo que más. Sueña con ver a la naturaleza recuperar sus derechos sobre la isla de Manhattan y ver cómo las zarzas rompen los muros y hienden los techos de los bancos, la bolsa cubierta de musgo y líquenes.

Gordon, con la frente pegada a la ventana, piensa en sus setas. Qué bueno que sueñe despierto, porque mañana todo se desplomará.

¿Qué piensa de todo lo que se agita ahí abajo, de los transeúntes-hormiga con sus maletines, de la torre en la que está encaramado, de lo que allí se fabrica? ¿Acaso trata nuestro banquero micólogo hacer coincidir sus dos mundos? ¿Ve alguna analogía? Tal vez piense que el dinero, al igual que los hongos, tiene sus maneras particulares de proliferar, sus movimientos secretos y sus desapariciones súbitas. O que, al igual que algunos de ellos, tiene efectos tóxicos, alucinógenos.

Sin duda ya sabe, antes de este miércoles negro, que su torre es un castillo de naipes, y que los *fungi*, precursores de la humanidad, probables supervivientes tras su extinción, son más sólidos que todos los imperios financieros. Mejor darle su nombre por los siglos de los siglos a una seta, piensa, que a una gran torre gris de acero en medio de Manhattan: no elevará su nombre tan alto, pero se borrará menos rápido.

Las siete y pico de la tarde. Tina se despide de sus últimos pacientes, cierra con suavidad la puerta y se sienta por fin. Una mancha de luz oblicua se posa sobre su escritorio y ella se detiene a observarla unos minutos como punto final de su jornada como médica.

En la pared, sobre un cartel un poco decolorado por el sol, un osito sonriente cambia sus muletas por una gran jeringa, recordando a quien quiera escucharlo que se vacune contra la polio. Al lado, unos pequeños acróbatas componen un abecedario latino y cirílico, mientras que, en la otra punta de la habitación, Babar, Celeste y su corte observan a Tina Wasson enchufando el samovar eléctrico, que ronroneará hasta altas horas de la noche. Se quita la bata blanca, pero se olvida el estetoscopio, que sigue colgado de su cuello. Después de una jornada reparando a los pequeños neoyorquinos —una varicela, dos otitis, una gastroenteritis, un impétigo—, el chongo ya no está tan impecable como por la mañana, las cejas le pesan, pero con el primer sorbo de té caliente la mirada se aviva y sus manos, esas largas manos de pianista que heredó de su madre, se ponen en movimiento sobre la máquina de escribir.

Hace unos años, Tina se dedicó a escribir un gran libro sobre la gastronomía rusa. Con ayuda de Florrie, su cocinera, reunió más de quinientas recetas, que fue poco a poco aderezando con anécdotas históricas sobre el gusto de los zares por el cisne relleno, sobre la invención de la ternera Orloff o el té en casa de Tolstói, de modo que el libro de recetas se transformó en un libro de historia, santuario de la Rusia de antaño, la Rusia grande y bella anterior a 1917. Porque, además de los círculos de exiliados que Tina frecuenta con Gordon, lugares privilegiados de la nostalgia del alma rusa y del miedo rojo, su libro también se convirtió en un refugio para ella, una pequeña Rusia aislada donde nada habría cambiado desde Anastasia, un Kremlin en miniatura dentro de una bola de nieve. Escribió capítulos enteros sobre el caviar y el vodka, algo con lo que olvidar por un momento la muerte de los hijos del zar y el horrible bigote de Stalin. Y luego se afanó en una nota a pie de página sobre el refinamiento de los pueblos eslavos en materia de setas. Pero la nota, por así decirlo, *micelizó* y proliferó a lo largo de decenas de páginas, se dividió en cinco capítulos, se convirtió en un libro dentro del libro. Hasta el punto de hacer desaparecer las fronteras del estudio inicial e incluir todo lo que Tina y Gordon habían leído durante años sobre los organismos en las culturas de todo el mundo. Así que, todas las noches o casi todas desde hace semanas, Tina transcribe páginas enteras de anotaciones en apretujada caligrafía, a veces salpicadas de caracteres cirílicos y dibujos minúsculos de micetos, que se mezclan con las letras en extraños jeroglíficos.

Dos golpecitos en la puerta anuncian la llegada de Gordon. Entra sin hacer ruido, con un libro bajo el brazo, se acerca al escritorio, deposita un beso en la mano de la mecanógrafa, la larga mano zarista de Tina, que termina su frase deletreando las sílabas en voz alta y levanta la cabeza de la máquina, le sonríe *—hello, dorogoï—*, le sirve una taza de té. El resumen del día, como siempre, se despacha rápido, las historias de fusiones y adquisiciones son tan apasionantes para Tina como las descripciones de impétigos lo son para Gordon. Pero ese es su juego: infligirse mutuamente unos minutos de medicina o economía, unas palabras de sus horribles jergas, solo por el placer de retomar después el lenguaje común de sus queridos hongos. Por el placer de clausurar la jornada del banquero y la pediatra, y emprender la segunda, la de etnomicólogos.

Cae la noche. Pronto Florrie servirá la cena a los niños. En el salón, sobre el estudio de Tina, se oye a la pequeña Masha jugando en su triciclo, vigilada de reojo por su hermano mayor, Peter, que hace la tarea. En la Remington, las manos de Tina han retomado su ballet mecánico y solo se detienen para vaciar o llenar la taza de té. Al otro lado del escritorio, Gordon toma notas sobre las setas que aparecen en una pintura del Renacimiento. Está tan concentrado que le asoma un poco la lengua. Así es como el señor y la señora Wasson, bajo la mirada benevolente de Babar, Celeste y el osito profiláctico, hacen sus deberes nocturnos.

Gordon Wasson escogió bien su puesto. No va tan a menudo a su torre gris. Pasa el final de los años treinta en proyectos aquí y allá, en Londres o en Argentina. En Buenos Aires, en torres menos altas y menos grises, da apretones de manos, firma contratos lucrativos con comerciantes de grano o carne, va poco a poco suavizando su acento español, lo vuelve más cantarín, más italiano, aprende palabras de la jerga local. Entre negocio y negocio, echa un vistazo por la ventana al gran río café que bordea la ciudad, intenta en vano ver la orilla opuesta poniéndose de puntitas. Por la noche no lee a Jorge Luis Borges, sino a William Henry Hudson, un argentino hijo de padres ingleses, narrador de aventuras, apasionado de los grandes espacios y los pequeños pájaros. Cuando puede, una vez firmados todos los contratos, Wasson se escapa en barco para ver con sus propios ojos lo que leyó en *The Purple Land*, en Uruguay, en la orilla opuesta del río café, en las calles de Montevideo. O lee *Días de ocio en la Patagonia* y entonces se va hacia el sur. En medio de la pampa, su sombrero de gaucho le da un aire de Gary Cooper en *El caballero del desierto*. Gordon Wasson, el aventurero. Una cara más.

Una gélida noche de noviembre de 1940, mientras Gordon está en un proyecto al otro lado del Atlántico, Tina, Peter y Masha se agolpan frente al Broadway Theatre, en medio de una multitud compacta coronada por el vapor, el humo de tabaco y las nubecitas que salen de las bocas. Están esperando a que se abran las puertas. Van a asistir al preestreno del espectáculo del año, la última producción de los estudios de Walt Disney. Se titula *Fantasía*. Encima de las puertas, un enorme cartel donde aparecen, sin orden ni concierto, centauros y dinosaurios, un hipopótamo en tutú, Mickey y el diablo. No escatiman en gastos. Pero es lo que necesita esta multitud, tras una década siniestra de gráficos en caída libre y tormentas de polvo. Así que, frente al Broadway Theatre, bajo las luces eléctricas, con sus chapkas puestas, Peter y Masha no son capaces de estarse quietos y manosean en sus bolsillos los boletos para el gran sueño.

Más tarde, cuando comienza la proyección, la vivacidad del Technicolor los cautiva; también el sonido, tan particular, tan envolvente, *surround*, como lo llamarán más tarde. Por ahora, una tecnología completamente nueva que recibe para la ocasión el nombre de Fantasound. A continuación, comienza un largo *trip* de más de dos horas en el que penetramos en burbujas de jabón y volcanes en erupción, en mundos de *kitsch* donde todo resplandece y centellea; donde todo —flores, caballos alados y escobas— cobra vida y arranca a bailar. Una inmersión alucinante donde las formas, los colores y los sonidos se responden, brotan y se enroscan. Después de los años oscuros, Disney promete la gran recreación alucinada, la jubilosa alteración de todos los sentidos a tres dólares el boleto.

A los quince minutos aparecen en la pantalla seis setas rojas. Sus sombreros están cubiertos de gotitas de rocío brillante. Comienza la música. Chaikovski, la «Danza china» de *El cascanueces*. Se oye primero la cadencia grave de los fagots, y luego el vuelo de una flauta, una melodía ligera, pizpireta, como el trino de un pájaro, seguida del *pizzicato* de los violines. Las setas brincan simultáneamente, se sacuden y se lanzan a una danza saltarina en corro al ritmo de las cuerdas. Tienen rasgos asiáticos y sus pedúnculos se asemejan a largas túnicas. Una de ellas, más pequeña que las demás, no sigue la coreografía, se bambolea, cae del escenario y luego se sube, lindísima. Se dice que la secuencia está inspirada en un sueño que tuvo el propio Chaikovski, gran micófilo, y que contó a su mecenas, la señora Von Meck, en una carta del 23 de mayo de 1878: «Me he pasado la noche soñando con grandes y orondas setas rosadas».

En el fondo de la sala oscura del Broadway Theatre, Tina está en la gloria. Sus amados hongos bailando al son de la música de su infancia, eso no lo vio venir. Después de la película, en el taxi de vuelta, les cuenta a sus hijos la historia de *El cascanueces*, que vio en Moscú cuando tenía su misma edad; les habla del hada de azúcar, del rey de los ratones, y poco a poco las imágenes del Reino de las Golosinas se mezclan con las de su ciudad natal, el Río de la Limonada adquiere aires del Volga. El relato se complica y Peter escucha solo a medias, aún no se ha repuesto de la secuencia del aprendiz de brujo. Las escobas animadas siguen dando vueltas en su cabeza. Masha, por su parte, ya se ha dormido, con la chapka contra la ventana.

La historia que viene a continuación es de todos sabida. Es la historia de un nuevo mundo descubierto en bicicleta.

Sucede en Suiza, en 1943. Alrededor, todo es metralla. Pero aquí, en Basilea, entre las montañas, no se oye. El Rin fluye indolente. El joven Albert Hofmann lo sigue pedaleando, como todos los días, para ir a trabajar en el laboratorio farmacéutico Sandoz. A sus treinta y pocos años ya es un pequeño genio. Lo que más le gusta, como buen químico, es aislar cosas. Estructuras, principios activos. Rodearse de misteriosos esquemas moleculares hechos de letras y palos organizados en hexágonos.

Unos años antes se obsesionó con la quitina, el componente principal del exoesqueleto de los insectos. A riesgo de parecer un oscuro hechicero o un niño sádico, diseccionó todo tipo de cucarachas, crustáceos, extrajo el jugo digestivo de gasterópodos con concha y publicó una brillante tesis doctoral sobre la producción de quitina en los caracoles de Borgoña.

Más tarde, para Sandoz, Hofmann aisló los principios activos de la venenosa dedalera y luego se dedicó al cornezuelo del centeno, un hongo responsable de terribles intoxicaciones colectivas en la Edad Media conocidas como el «mal de los ardientes» o «fuego de san Antonio». En 1938, logró aislar uno de los ácidos del cornezuelo, al que llamó «ácido lisérgico», y produjo una serie de derivados sintéticos. El vigésimo quinto de esa serie es la dietilamida. Para que nos entendamos: LSD-25. Pero, aunque hizo que los animales del laboratorio se revolucionaran un poco, el compuesto no parecía tener demasiadas aplicaciones en farmacología. Cayó en el olvido, como tantas moléculas que se consideran improductivas.

Sin embargo, Hofmann sigue pensando en ello. Le inquieta, aunque no sabe por qué. Cinco años después, en 1943, retoma los experimentos, vuelve a examinar su dietilamida y, por accidente, se le pega en los dedos. Cansado, se frota los ojos. Unos minutos más tarde se siente raro. Interrumpe su trabajo y vuelve a su casa a acostarse, poseído por una agitación onírica sin precedentes acompañada de mareos. La crisis remite al cabo de dos horas.

A los pocos días, una vez recuperado por completo, Hofmann trata de entender lo que le sucedió.

Camina de un lado para otro por los pasillos del laboratorio, reflexiona en voz alta, habla con sus tubos de ensayo. Tras barajar varias hipótesis, decide, para quedarse tranquilo, ingerir lo que considera una dosis mínima de dietilamida —0,25 miligramos—, que se toma de un trago con un poco de agua en un vaso medidor. Media hora después vuelven los mareos, seguidos de distorsiones visuales, oleadas de ansiedad y ataques de risa incontrolable. La duda se despeja: la dietilamida que acaba de ingerir es una poción mágica de gran potencia, pero Hofmann ya no está en condiciones de explicarlo, las palabras le resbalan de los labios por la barbilla cuando las pronuncia o bien le crecen como tallos desde la lengua. Apenas logra convencer a su ayudante de laboratorio para que lo lleve a casa. Como no hay coche disponible, tienen que ir en bicicleta.

Durante los cuatro kilómetros que lo separan de su casa, Hofmann se sume en un delirio total. Cree estar parado cuando en realidad pedalea a toda velocidad mientras, a su alrededor, el río, la ciudad, la ayudante, el oeste y el este, todo se descompone. Le siguen algunas horas de pesadilla pura durante las cuales Hofmann se siente loco, moribundo o poseído por el demonio sucesivamente. Pide leche como antídoto para este veneno; sin embargo, cuando su vecina se la trae, ya no es la señora R. que él conoce, sino, según sus propias palabras, «una horrenda bruja con una máscara de colores». Más tarde lo examina un médico, pero no encuentra síntomas, salvo la dilatación extrema de sus pupilas. Y luego Hofmann comienza a salir poco a poco de su infierno, deja que los caleidoscopios sigan girando un poco más delante de sus ojos entornados y nota que los sonidos a su alrededor también toman formas y colores..., a lo mejor le viene a la cabeza la palabra *sinestesia*, o los primeros versos de un soneto remoto de Baudelaire que canta los transportes de la mente y los sentidos.

Al día siguiente está fresco como una rosa, sin rastro de cruda. Ningún *aftereffect*, su mente está como nueva.

Once años después de *Fantasía* continúa el *trip* con *Alicia en el país de las maravillas*. Entretanto, Walt Disney adaptó *Bambi* y *Cenicienta*. Ahora aspira al universo de Lewis Carroll en su propio país de las maravillas, que no dejará de expandirse y que pronto adoptará forma sólida con montañas rusas y monorraíl, a pocos kilómetros de Los Ángeles.

En 1951, una vez sumidos en la sala oscura, los espectadores caen en la madriguera del conejo blanco, guiados por una Alicia que prueba todo lo que cae en sus manos. Después de un altercado con unas flores insoportables que la confunden con mala hierba, acaba frente a frente con una enorme oruga azul que fuma un narguile encima de una seta. La conversación se trunca muy pronto, el bicho no es mucho más simpático que el resto, pero le da a Alicia algunos consejos. El último, antes de desaparecer convertido en mariposa, es una invitación a morder el hongo para prolongar la aventura y las metamorfosis:

—Un lado te hará crecer...

—¿Un lado de qué?

—... y el otro lado te hará encoger.

—¿El otro lado de qué?

—¡De la seta, evidentemente!

Un día, los Wasson plantean la hipótesis de que los pueblos se dividen en dos categorías: los *micófilos* y los *micófobos.*

Son micófobos los anglosajones, sin lugar a duda. Los ingleses en particular.

Representante: Etty, hija de Charles Darwin, armada con un palo puntiagudo, atravesando, y quemando luego en secreto, los hongos con formas demasiado sugerentes —el bien llamado *Phallus impudicus*— para evitar que despertaran deseos inapropiados entre sus sirvientas.

Representante bis: el poeta John Keats, describiendo los *fungi* como una «raza enfermiza y pálida, de colores semejantes a la mejilla de un cadáver».

Micófobos son también los bretones, que los llaman «gorras de sapo» *(kabell-touseg)* y piensan que los batracios sacan de ahí su veneno.

Micófobos también los neerlandeses.

Representantes: Jheronimus Bosch plantando un gran *Boletus satanas* en la entrada de la cueva del Infierno en su tríptico *El carro de heno*; Otto Marseus van Schrieck y sus extraños bodegones donde los hongos siempre son los cómplices de los sapos y serpientes más horrendos.

Los eslavos, en cambio, son grandes micófilos.

Representante: Vladímir Ilich Lenin perdiendo su tren porque prefirió recoger setas cerca de las vías.

Chinos: también fervientes micófilos que van a rendir culto en las montañas sagradas donde crece el *ling zhi*, hongo de la inmortalidad.

Micófobos son los españoles, pero no los catalanes.

Franceses: los dos a la vez. Adoran ciertos hongos, detestan otros, a los que llaman «orines de perro», «pedo de sapo», «huevo del Diablo», «sátiro apestoso», «corazón de bruja»...

Micófilos los provenzales, micófilos los italianos.

Representante: Giuseppe Arcimboldo y sus retratos vegetales (aquí un agárico para hacer la oreja, allí unos clavarioides para la barba, una amanita de los césares para la pantorrilla).

Romanos: más bien micófobos.

Representante: Locusta, que envenena al emperador Claudio con un plato de setas por orden de Agripina, para poner a Nerón en el trono.

De modo que nuestros dos Wasson abrieron una pequeña puerta del saber, que llamaron «etnomicología», en una época en la que se creía que ya todas las puertas estaban abiertas, todos los conocimientos establecidos, clasificados y señalizados.

Imagínense el vértigo: de pronto, esta pequeña puerta del saber que abren da al vasto mundo y a sus anales desde los orígenes. Ahora ustedes son tan poderosos como diminutos. Ya no pueden conformarse con tres o cuatro bibliotecas prestigiosas de la costa este ni con un viaje de estudios al año. Hay que ir a todas partes, herborizar por todo el mundo, conocer todos los hongos, rituales y mitos, leer y hablar todas las lenguas, y rápido, porque ya tienen cuarenta años, les quedan unos cuarenta más, siendo optimistas, para interrogar a todos los pueblos y leer todos los libros. La ventaja es que ustedes son dos, instruidos y afortunados. Tienen el bagaje de los universitarios, pero la libertad de los autodidactas. Saben escribir y viajar, no les dan miedo ni las picaduras de araña ni los tomos de más de mil páginas. Los bosques y las bibliotecas son para ustedes laberintos familiares.

Entonces ustedes apresuran el paso. Rusia, País Vasco, Laponia, Frisia, Japón, Provenza, el mundo entero rueda bajo sus pies. Todas las setas les gustan, pero les apasionan especialmente las psicotrópicas. Son como una casta aparte, una extraña familia, apenas doscientas especies de entre las decenas de miles del reino de los *fungi*. Sobre todo, abren puertas a otros mundos, a mundos invisibles. Su halo de misterio les fascina. Su mala reputación les atrae, lo que se dice de ellas, sus conexiones secretas con el rayo, el diablo o la locura.

Se embarcan en investigaciones a gran escala, mantienen correspondencia con los mayores especialistas. Elaboran hipótesis atrevidas que a veces serán rechazadas, pero que siempre marcan época. Postulan, por ejemplo, que el soma, la planta de la inmortalidad descrita en el *Rigveda* de la antigua India, no es otra cosa que *Amanita muscaria*, la amanita matamoscas, tóxica y alucinógena. Sospechan que los misterios practicados en Eleusis en la antigua Grecia se basaban en el consumo de cornezuelo del centeno. Ven ejemplares psicotrópicos por todas partes, en las flores que se intercambian las diosas Deméter y Perséfone en un bajorrelieve, en ese árbol del conocimiento en un fresco medieval.

De fondo se va perfilando la idea, atrevida pero excitante, de que una de las primeras formas de religión de la humanidad habría sido un culto a los hongos, basado en el uso de sustancias psicoactivas. Están ustedes postulando nada menos que el origen de las religiones. De hecho, no usan el término *alucinógeno*. Prefieren inventar una palabra, otra más: *enteógeno*, es decir, que genera el sentimiento de lo divino, que hace crecer el dios interior.

Es emocionante, pero el terreno no es virgen. La de ustedes es simplemente una nueva mirada, nuevas premisas sobre un camino trillado que otros —botánicos, historiadores, lingüistas— ya recorrieron antes. Sueñan con un sector inexplorado, una *terra incognita*.

Entonces, cuando en el otoño de 1952 encuentran estas crónicas de la conquista de México donde se habla de indios que se embriagan y se endemonian con setas; cuando casi al mismo tiempo se enteran de que se descubrió una gran cantidad de espléndidas piedras talladas con forma de hongos en las tierras altas de Guatemala, piedras que llaman, a falta de un nombre mejor, «piedras-hongo», pero que también tienen rasgos animales y humanos; cuando suponen, con razón, que todo esto testimonia prácticas de las que Occidente aún no sabe casi nada, en ese momento, se les corta la respiración.

La primera cosa que se comía en el convite eran unos honguillos; esto comían antes de amanecer, y también bebían cacao antes de amanecer [...]; aquellos honguillos [los] comían con miel, y cuando ya se comenzaban a calentar con ellos, comenzaban a bailar, y algunos cantaban y algunos lloraban, porque ya estaban borrachos con los honguillos; y algunos no querían cantar, sino sentábanse en sus aposentos y estábanse allí, como pensativos, y algunos veían en visión que se morían, y lloraban, otros veían que los comía alguna bestia fiera, otros veían que cautivaban en la guerra, otros veían que habían de ser ricos, otros que habían de tener muchos esclavos, otros que habían de adulterar y les habían de hacer tortilla la cabeza, por este caso, otros que habían de hurtar algo, por lo cual les habían de matar, y otras muchas visiones que veían. Después que había pasado la borrachera de los honguillos, hablaban los unos con los otros acerca de las visiones que habían visto.

Bernardino de Sahagún,
Historia general de las cosas de Nueva España

Si Gordon Wasson se sumerge con regularidad en las bibliotecas en busca de dioses olvidados, si se apasiona por los rituales de los primeros hindúes o por los misterios celebrados cerca de Atenas en el templo de Deméter, no quiere decir que abandonara su acrópolis de Wall Street, donde ahora ocupa un puesto en J. P. Morgan & Company.

Nos lo imaginamos negociando contratos en el extranjero, organizando comidas de negocios y cenas de gala entre altos cargos, para lo cual pasa un montón de tiempo al teléfono, con un gran audífono negro de baquelita como los que se ven en las películas de Hitchcock. No dedica todo su tiempo a las setas. A menudo se ocupa de los negocios, hace que la empresa funcione. De hecho, cuando muere su jefe, J. P. Morgan —Jack Pierpont, el hijo, no John Pierpont, el padre, el odioso padre de nariz abotargada—, Wasson asciende las plantas del edificio neoclásico, se acerca un poco más a las nubes y se convierte en vicepresidente de relaciones públicas. ¿Está en el mismo piso que el presidente? ¿Qué vistas tiene de Nueva York desde la ventana panorámica? No lo sabemos. No importa, el Wasson banquero nos es indiferente. El que nos intriga es el Wasson aventurero. O, mejor dicho, el Wasson banquero que prepara sus próximas aventuras desde su despacho de vicepresidente. Wasson reservando su vuelo a México con su teléfono de vicepresidente, garabateando hongos en el papel membretado de uno de los bancos más grandes de Estados Unidos.

De todos modos, ¿cómo se lanza uno a este tipo de aventuras cuando es vicepresidente de J. P. Morgan & Company? ¿Qué dice el presidente cuando le cuenta su proyecto, apoyando la petición con un informe etnomicológico formal y varios bocetos de hongos membretados? ¿Se ve obligado a colgar, en la puerta de su oficina, un letrero que diga: AUSENTE DURANTE LAS PRÓXIMAS SEMANAS POR BÚSQUEDA DE HONGO DIVINO?

Los caminos de las finanzas son impenetrables, así que aceptémoslo: es el verano de 1953, Wasson consigue su autorización y está a punto de embarcarse en su gran aventura mexicana en busca de los hongos alucinógenos de la región mazateca.

Claro, la poción mágica LSD-25 pronto saldrá del laboratorio. Su receta incluso fue patentada en 1948 por el aprendiz de brujo Albert Hofmann y por Arthur Stoll, director de los laboratorios Sandoz. El hijo de este último, Werner Stoll, psiquiatra, es el primero en probar el ácido con pacientes aquejados de trastornos mentales. Publica un informe alentador donde clasifica el LSD dentro de la hermosa categoría de los *phantastica*. La molécula de las mil promesas se multiplica, se habla de ella. Llega a oídos de un tal Alfred Hubbard, un millonario extravagante que después de probarla en sus carnes decide dejar el comercio de uranio para dedicarse a la difusión de la droga psicotrópica, que considera una poderosa herramienta para el progreso de la mente humana. Se va a Suiza, llama a la puerta de los laboratorios Sandoz y les compra diez mil dosis. De vuelta en Estados Unidos difunde su descubrimiento, nunca sale de casa sin algunas muestras en su maletín de piel. Entre los nuevos adeptos se cuentan psiquiatras de Hollywood, quienes a su vez darán a conocer el LSD a sus famosos pacientes, pero también un tal Aldous Huxley, que pronto escribirá *Las puertas de la percepción*.

En plena Guerra Fría, Estados Unidos experimenta sus primeros viajes de ácido. La recién formada CIA está muy interesada en las técnicas de manipulación mental. Pone en marcha los proyectos Bluebird y Artichoke, cuyo objetivo es desarrollar técnicas de interrogatorio y sueros de la verdad; luego viene el programa MK-Ultra —por «ultrasecreto»—, que pretende llevar más lejos aún las experimentaciones en todas las áreas del contraespionaje. Se prueba todo: polígrafo, hipnosis, electrochoques, privación sensorial. A la armada química ya conocida —opiáceos, cocaína, barbitúricos— se añade, por supuesto, desde su creación, el LSD, administrado a diestro y siniestro a miles de sujetos de pruebas más o menos consentidas. En el mayor de los secretos, se prueba la magia negra para lavar cerebros, borrar memorias y romper resistencias.

Lejos de Washington, en una pequeña ciudad del Gard llamada Pont-Saint-Esprit, en el verano de 1951, parece que hayamos vuelto a los tiempos del «mal de los ardientes» y de las posesiones demoníacas.

A mediados de agosto, decenas de habitantes empiezan a temblar, a vomitar sin parar, no logran pegar ojo, sufren de sofocos y mareos. Cinco de ellos mueren en cuestión de días. A lo largo de la noche del 25 de agosto, conocida como «la noche del apocalipsis», la población entera sufre de violentas alucinaciones. Este siente como si le aplastaran el cuerpo en una prensa, aquel ve cómo se le sale el corazón por un pie, o miles de tigres y lenguas de fuego abalanzándose sobre él. Tres se lanzan por la ventana, veinticinco acaban internados. En el Hôtel-Dieu de Pont-Saint-Esprit hay convulsiones y chillidos, llegan las ambulancias, sacan a pasear los barbitúricos y las camisas de fuerza. Nunca se había visto algo así. En pocas horas, la ciudad se transformó en un infierno.

El primer culpable señalado se llama *Claviceps purpurea*. También conocido como cornezuelo del centeno, el hongo del que Hofmann extrajo el ácido lisérgico, y que se habría encontrado en la harina distribuida en Pont-Saint-Esprit y, por lo tanto, en el pan que comieron sus habitantes. De paso, el traicionero *Claviceps* arrastra al panadero de la ciudad al oprobio. Todo el país se refiere a esto como el caso del «pan maldito», que aviva viejos temores enterrados, el miedo a las histerias colectivas, a las manías danzantes o las plagas caídas del cielo. Temores antiguos y más recientes, como los complots mundiales, el espionaje y la guerra química. Otra teoría sugiere que la culpable no es otra que la CIA, y el arma del crimen, no el ácido lisérgico, sino su primo sintético, el recién nacido LSD, pulverizado desde el aire sobre el infeliz pueblo.

Es la temporada de lluvias. En México, como de costumbre, no se puede ni andar. La gente contempla el aguacero. La culpa es del dios Tlaloc, «el que hace gotear las cosas». Es el verano de 1953 en la inmensa capital que resbala y se hunde, de donde a veces suben a flote los tesoros de la orgullosa Tenochtitlán, su hermana enterrada, la ciudad bajo la ciudad. Es verano y los Wasson acaban de llegar. Esta vez son tres: Gordon, Tina y Masha, su hija de dieciséis años. En México pasan poco tiempo, porque solo tienen diez días y deben dirigirse al sureste, a Huautla de Jiménez, a trescientos kilómetros de allí. Siguiendo su pista mexicana, Gordon descubrió que aún se realizan ceremonias nocturnas con setas en la región mazateca, en las montañas, no muy lejos de Oaxaca. Esperemos que pasen al menos dos o tres días en la capital, tiempo suficiente para ver el Templo Mayor o el monolito de la terrible diosa Coatlicue, con su falda de serpientes y su collar de corazones humanos, esculpida en un bloque de dos por tres metros. Esperemos que la joven Masha, en su primer viaje a México, quede impactada por el monstruo de basalto.

Emprenden la marcha el 8 de agosto de 1953, acompañados de un etnólogo austríaco establecido en México desde hace veinte años, Robert Weitlaner, al que llaman don Roberto. Él conoce bien a los mazatecos y fue el primero en conseguir algunos hongos sagrados, aunque nunca los probó.

Parten al amanecer. El chofer los espera frente a su hotel en el centro, tal vez frente al Zócalo, bajo una bandera mexicana tan grande como una nube. Los Wasson se apretujan en el asiento trasero, Masha en el medio, entre sus padres, con las bolsas en el regazo. Una vez fuera de la ciudad, en la gran carretera de cuatro carriles, abren las ventanillas, a pesar del polvo, y el viento hace girar de repente al san Cristóbal y al niño Jesús colgados del retrovisor. El chofer dice que es buena señal, que el trayecto será bueno, porque el santo patrón de los choferes se puso a bailar. En el coche, todos entienden el español, lo hablan más o menos, con acentos variados —austríaco el de don Roberto, ruso el de Tina, argentino el de Gordon—. Masha también entiende lo que se dice, pero prefiere pasarse el día repitiendo como un trabalenguas las palabras en náhuatl que lleva anotando en su cuadernito desde la llegada: *Popocatépetl*, *Huitzilopochtli*, *Mictecacihuatl*, *tlitliltzin*... La jornada transcurre a través de la gran llanura árida. Hacen un alto en Puebla, y por la noche llegan a Tehuacán, donde ven el sol ponerse sobre un bosque de cactus.

Al día siguiente toman el tren hasta San Antonio, luego un viejo autobús lleno a reventar y por la peor carretera del mundo —según Gordon— para llegar a Teotitlán del Camino, al pie de la sierra mazateca. A la mañana del tercer día, no es un chofer quien los espera frente a la posada, sino Víctor, su guía y mulero mazateco, con otras cinco monturas raquíticas. Una vez cargadas las mulas, comienza la ascensión hasta La Cumbre, a tres mil metros de altitud. Allí arriba, después de horas de subida, quieren descansar un poco, pero Víctor les prohíbe detenerse: La Cumbre es un refugio de ladrones, no se debe parar allí, por muy agotados que estén, y menos a lomos de una bestia también exhausta, fácil de alcanzar por los bandidos que te atracan y desaparecen rápidamente por las laderas.

Así que siguen adelante. Hay que descender al siguiente valle, subir otro cerro, desentenderse de los riñones y el coxis destrozados sobre la silla, bajar aún más, mirar más allá de la nube de polvo que levantan en el camino, ver aparecer finalmente las primeras casas de Huautla, esparcidas por la ladera de la montaña como un puñado de dados sobre un tapete verde y bajo el azul oscuro del final del día.

Desde la calle principal de Huautla, entre todo ese verde y azul, y entre las pieles morenas, se ven surgir desde el horizonte, a la entrada del pueblo, precedidos por Víctor, cuatro cabezas blancas, cuatro rostros exhaustos con las arrugas resaltadas por el polvo gris y, encima, el pelo revuelto empapado de sudor bajo sombreros demasiado nuevos. Entre estos cuatro, los viejos de Huautla tal vez reconocen a don Roberto, que ya había estado allí, pero los otros tres —un hombre, una mujer y una muchacha—, surgiendo todo blancos del vientre de la montaña, son completos desconocidos. Y aunque sea 1953, en Huautla de Jiménez, este tipo de apariciones no son cosa común. Una aparición de *güeros*, como dicen en México para referirse a los de pelo claro y tez pálida.

Pronto, en Huautla, ya no sorprenderá a nadie. Los güeros llegarán en tropel, serán parte del paisaje. Pero aún no. No nos adelantemos. En este verano de 1953, la aparición de los Wasson todavía tiene algo de asombroso. La noche de su llegada, en secreto, bajo los tejados de paja, tal vez se preguntan, en mazateco o en español, quiénes son estos tres, qué vienen a buscar aquí, qué vienen a vender, si son comerciantes, si tienen algo que ver con el proyecto del aeródromo que el alcalde quiere construir. No tardarán mucho en saberlo. Los Wasson comienzan al día siguiente su investigación sobre el hongo sagrado, preguntando aquí y allá, en voz baja, levantando poco a poco el velo: ¿Se encuentran, por estos parajes? ¿Podemos verlos? ¿Se celebran ceremonias?

Llegada la noche, los visita Víctor, el mulero, se acerca a la luz de las velas y abre ante sus ojos un paquetito de tela que contiene algunos especímenes de color café claro. Saca uno, lo coloca con mucho cuidado en el hueco de su mano, como si fuera una reliquia, y luego lo vuelve a guardar y cierra enseguida el paquete. Vino a advertirles: el objeto de su búsqueda no es anodino, es mejor no hablar de ello, es muy peligroso, muy delicado. Baja aún más la voz cuando revela que el hongo se llama *Ndi-xi-tjo*, pero que el término mazateca es tabú, saturado de maná, le repugna pronunciarlo, lo hace en un murmullo. De hecho, no lo volverá a pronunciar y sustituye a partir de ahora la palabra por un leve gesto de la mano delante de la boca. Explica que el nombre significa «lo que brota», lo que sucede por sí mismo, como el viento, sin saber de dónde ni por qué.

Los Wasson pasan los días siguientes en la ladera de la montaña buscando los hongos sagrados, pero dejó de llover antes de lo previsto, la cosecha es escasa, apenas recogen un puñado. Wasson come uno o dos, hace una mueca, porque son terriblemente amargos, pero ya; no basta para desencadenar nada. Se acerca el día de la partida y no han avanzado: no hay suficientes muestras ni nadie en Huautla que se preste a dirigir una ceremonia.

La víspera de su partida, Víctor vuelve a visitarlos acompañado de un tal Aurelio Carreras, un chamán mazateco que, después de pensarlo bien, aceptó dirigir para ellos una sesión de hongos esa noche. Cuando los Wasson lo saludan —*mucho gusto*—, Aurelio no responde, se limita a esbozar una media sonrisa insondable; sin embargo, no parece hostil, más bien mantiene una distancia educada y circunspecta. Nos lo imaginamos con la cara redonda, curtida por el sol y la lluvia como un viejo cuero, si bien tiene poco más de cuarenta años, el rostro marcado en diagonal, sobre todo, por un parche en el ojo, porque Aurelio es tuerto. Esto, como colofón de un cuerpo robusto, le da un aire de cíclope (cosa que nos viene como anillo al dedo, porque nos encontramos ante el inicio de una pequeña odisea).

Con ese único ojo girando en su órbita, Aurelio examina a los Wasson. En los minutos siguientes, suponemos que habla poco y se guarda para sí sus observaciones sobre los recién llegados, o bien ahorra saliva para la noche que se avecina, en la que los hongos hablarán por su boca. Más tarde se sabrá que aprendió español con su esposa, pero que no sabe leerlo ni escribirlo.

En su lengua rudimentaria, aconseja no hablar de los hongos con nadie, se coloca el dedo índice sobre los labios subrayando la palabra clave, *silencio*. Añade que para esa noche necesitará a su hijo Demetrio como intérprete, ya que, a diferencia de él, los hongos sagrados solo hablan mazateco.

Finalmente quiere saber cuál es la pregunta que desean hacerles. Porque, claro, no se llama a la puerta de lo sagrado sin motivo, porque sí, por ver si suena hueco, si alguien responde. Los Wasson vacilan, saben que la curiosidad científica no es un motivo aceptable, y finalmente confiesan que están preocupados por su hijo Peter, que trabaja en Boston y de quien no tienen noticias desde hace semanas. Esto es lo que le preguntarán esa noche a los hongos: noticias del hijo que anda lejos.

Cuando la oscuridad llega a Huautla, alrededor de las nueve de la noche, entran en la casa de Aurelio. Es una habitación muy sencilla, con el suelo de arcilla, algunas esteras donde duermen dos niños y una mujer dormita con un bebé sobre el vientre. Sin embargo, Aurelio hará de este cuarto austero durante las siguientes cinco horas un escenario, el teatro de su liturgia, a la luz de las velas. Un teatro de objetos, principalmente: en una mesa que hace las veces de altar, dispone trozos de copal, semillas de cacao, un puñado de granos de maíz y tabaco verde, huevos de gallina y de pava, dos plumas de loro, seis rollos de corteza y catorce pares de hongos. Entre sus manos, todo cobra vida, separa dos granos de maíz del montón para representar a los hijos de los Wasson; los hongos pasan por el humo del copal candente y luego se mastican, del primero al último.

Tina, la pediatra, también viene con su pequeño teatro de objetos: estetoscopio, termómetro, tensiómetro, oftalmoscopio. Si quisiera, si se atreviera, podría ejecutar su propia liturgia, su ritual médico, medir en Aurelio la dilatación de la pupila, el pulso demasiado rápido o demasiado lento, la presión alterada. Pero rápidamente comprende lo inapropiado que sería introducir esos instrumentos extraños y fríos en medio de la solemne noche ceremonial. De modo que se concentra en escuchar a lo largo de la sesión, y Gordon toma notas como buenamente puede en la penumbra. Aurelio, tras invocar a la Trinidad y algunos santos, habla un largo rato en mazateco con el ojo cerrado, hace preguntas sobre Peter, los Wasson, los hongos. Y luego, el teatro de objetos continúa, encaja las plumas en las semillas, envuelve los huevos con la corteza, se frota el tabaco verde por la piel; no deja de mover las manos mientras escucha, parece ser, algo que los demás no oyen.

A partir de las once, la noche se agita. La última vela se apaga, estalla la tormenta, se oyen retumbar disparos a lo lejos. Se preocupan, pero Aurelio sigue adelante, solemne. Sentado en su alto taburete, entre el humo del copal, parece una adivinadora. Vuelve a hacer algunas preguntas sobre Peter, se concentra cerrando el ojo, con las manos sobre la cabeza. Dice que le cuesta distinguir a su hijo, pues está en medio de un grupo, en una gran ciudad extraña. Luego dice que está bien, pero que están intentando mandarlo a la guerra. Las frases son confusas, y la tormenta, la lluvia torrencial, la traducción vacilante de su hijo Demetrio son cosas que no ayudan a entenderlo con claridad. Pero se saca en claro que Peter no se encuentra en Boston como pensaban sus padres, sino en Nueva York, y que, repite Aurelio, lo van a llamar para la guerra (sale a relucir Alemania). Al final de la vigilia, Aurelio, mirando serio a Gordon con su ojo de tinta, le advierte que un miembro de su familia se pondrá gravemente enfermo en los próximos meses.

Al amanecer, los Wasson ya se han ido, montados en los mismos jamelgos que a su llegada, con una mezcla de sentimientos: el orgullo de los descubridores, tal vez, su fascinación renovada por el hongo —su prisa por colocarlo bajo la lupa de la ciencia; darle un nombre científico, en latín o griego; clavarlo en el gran tablero de las especies— y su amable condescendencia occidental ante el teatrillo llevado a cabo la noche anterior por el chamán Aurelio y las palabras que pronunció durante su intervención mediúmnica en los asuntos de la familia. La profecía tal vez los inquieta, pero no se la creen.

De todos estos sentimientos de los Wasson podemos estar bastante seguros, solo ignoramos qué proporción corresponde a cada uno de ellos, incluida Masha, que tiene solo dieciséis años, pero entiende muchas cosas. También ignoramos si, entre estos impulsos difusos, está el deseo de probar el hongo, probarlo *de verdad*, entregarse a su éxtasis, lanzarse de lleno al viaje. Gordon, que sepamos, no tiene mucha experiencia en estados alterados de conciencia. Nunca probó nada, ni láudano ni coca ni marihuana, quizá una vez, puede que un porro en Columbia. Es muy probable que Gordon —y su esposa y su hija— esté absolutamente *clean*. Pero ¿acaso se siente tentado nuestro ratón de biblioteca, nuestro irreprochable banquero aventurero, de zambullirse de cabeza en la madriguera del conejo blanco?

De vuelta en casa, Tina y Gordon se enteran de que su hijo Peter estaba en Nueva York, efectivamente, y no en Boston, la noche de la ceremonia. Al poco, Peter les comunica que desea alistarse en el ejército regular durante tres años. Unos meses después lo mandan de servicio a Alemania. En enero de 1954, un primo segundo de Gordon muere de un infarto.

En el lugar donde viven los Wasson se dice que solo hay un dios, que en inglés se puede escribir con tres letras, que es uno y trino al mismo tiempo. Un dios que planea sobre las cabezas, tal vez en esas nubes bajas enganchadas en los rascacielos de Manhattan, tal vez en esos humos de chimeneas en los tejados o en esa nube de incienso que flota en la catedral de San Patricio. Este dios, por lo visto, está en todas partes al mismo tiempo, se encuentra en todo, como una especie de gas o de molécula. Pero en Wall Street, donde Gordon trabaja de lunes a viernes, lo verán sobre todo en esos innumerables billetes verdes que pasan de mano en mano y sirven como ídolos. El dios aparece en el reverso, no como un viejo de barba blanca, sino como un ojo en el centro de un triángulo que resplandece.

Este dios que está en todas partes a la vez también planea, cómo no, sobre Huautla, pero allí se siente menos solo. Él, que acunado en *hosannas* se duerme, sabe que puede contar con los dioses mazatecos para que se mantengan atentos. Encaramado a una cima o a un cumulonimbo, está Naï Chaón, señor de las tormentas, que los de abajo representan como san Miguel, un soldado alado cuya espada lanza rayos. El agua que cae del cielo y hace crecer el maíz, el café y las setas algunos dicen que se debe a Chaón Majé, madre de la lluvia, a quien dan las gracias rezando a la Virgen de Guadalupe, porque todas son, dicen, la misma mujer. Toda esta lluvia luego corre por la espalda de Chikon Tokoxo, que es el señor de las montañas y la montaña misma, pero que también anda por los caminos bajo la apariencia de un hermoso jinete con capa roja al que llaman san Martín. Están todos estos en las alturas de Huautla, junto con otros más, como Shu Majé, mujer del gran trueno, que hace fluir los arroyos subterráneos, de modo que en la sierra mazateca no faltan ni agua ni dioses.

Hay que volver a Huautla. Para Gordon Wasson no hay duda. Tiene que asistir a una nueva ceremonia, recolectar una buena remesa de hongos, probarlos varias veces, con método, variar las dosis y describir con minuciosidad los efectos. Hay que conservar especímenes, enviarlos a Estados Unidos o a Europa para que los analicen. En su segundo viaje, Wasson tiene la intención de traer pruebas, muchas pruebas, así que escoge como compañero de viaje a un amigo fotógrafo, Allan Richardson.

Salen a finales de junio de 1955, cuando en Manhattan el rectángulo de Central Park ya reverdeció y en Huautla comienzan a caer trombas de agua del cielo. Repiten el viaje de tres días hacia las montañas mazatecas, el avión sobre el golfo de México, el coche a través del gran valle de cactus, el tren, el autobús y luego la mula que destroza la riñonada. Al llegar a La Cumbre, los dos hombres y su guía se encuentran por encima del mar de nubes; al descender hacia Huautla, tienen la desconcertante sensación de estar cruzando al otro lado de un velo, de despegar la tapa hermética que mantendría al pueblo intacto.

En Huautla, toca comenzar de cero. El etnólogo don Roberto no pudo acompañarlos, el chamán Aurelio está enfermo y no logran localizar a sus demás contactos. Entonces Wasson va a llamar a la puerta del ayuntamiento, por si acaso. Aparece en el marco de la puerta el alcalde en persona, un tal Cayetano García, un joven mazateco de pelo engominado que habla bien el español. No lo conoce, pero parece encantado de encontrarse con un rostro extranjero. Sonríe y el sol de la mañana destella en su diente de oro. Wasson le habla en voz baja, su tono es grave, sabe que su solicitud es delicada, pero no le sobra el tiempo. Después de presentarse —*señor Gordon Wasson, de Nueva York*—, después de mirar de reojo a su espalda para asegurarse de que bajo los aguacateros de la plaza nadie tiene puesta la oreja, le dice a Cayetano algo como: ¿Tendría usted la amabilidad de ayudarme a conocer los secretos del *Ndi-xi-tjo*, señor García?

Wasson pronuncia la palabra sin acento extranjero, como un auténtico mazateco, marcando la pausa glótica y las diferencias tonales de cada sílaba. Lleva horas practicando. Al oír estas palabras —*esta* palabra, esta última palabra—, Cayetano pierde su sonrisa, el diente de oro desaparece, arquea las cejas, un escalofrío le recorre la columna vertebral, incluso se le erizan algunos pelos pese al gel, y el escalofrío se extiende a los follajes de los grandes aguacateros que rodean la plaza y que susurran sorprendidos. Desde el fondo de sus guaridas ocultas en la montaña, los dioses mazatecos sienten un leve sobresalto que los hace salir precipitadamente de su duermevela y asomarse a lo que sucede abajo, en la plaza central de Huautla, a la entrada del ayuntamiento.

Ndi-xi-tjo. Se pronuncia la palabra. Wasson no la usa a la ligera, conoce su carga mágica. Es consciente de que está agitando un secreto de varios siglos, de que está produciendo una pequeña explosión de maná. Sabe bien que dijo una palabra poderosa. Pero quiere demostrar que no está allí por casualidad, que ya cató el hongo. Que conoce su nombre íntimo, prohibido. Que no tiene miedo de ser iniciado.

Tiene suerte. Cayetano, una vez superada la sorpresa, no es hostil. Le dice a Wasson que lo ayudará en su búsqueda. Le da cita a la salida del pueblo unas horas después, a primera hora de la tarde, cuando en el calor húmedo todos se amodorran. Es mejor hacer esto mientras el pueblo tiene los ojos cerrados.

Entonces, cerca de las dos de la tarde, cuando todo está quieto, Gordon y Allan se encuentran con Cayetano cerca de su casa y lo siguen por un sendero empinado que baja hacia el río.

Sentada en el umbral de su puerta, en la otra punta del pueblo, en las alturas, una mujer los observa con un cigarro en los labios. Ve cabecear suavemente los tres sombreros mientras se adentran en el valle. De vez en cuando, el sol en su cenit se refleja en el flash de la cámara de Allan, un gran foco en su soporte de acero inoxidable, como el iris de un ojo gigante. El objeto intriga a la mujer. No sabe para qué sirve ese bulbo metálico que el sol hace brillar, nunca vio nada igual. Sin embargo, cree saber adónde van los tres hombres.

Abajo, detrás de la plantación de caña de azúcar, en una pendiente sombreada, se encuentran los hongos, apretujados unos contra los otros, sus sombreros brillan un poco, húmedos y frescos aún. Bajo la mirada satisfecha de Cayetano y la más intrigada de las gallinas y pavos a los que sacaron de su siesta, Wasson se arrodilla, los husmea y los observa con la cabeza casi a ras de suelo, luego los recoge por decenas, al ritmo de los clics de la cámara de Allan. La cosecha cae en una gran caja de cartón que Wasson se encarga de cerrar una vez que termina, porque no se deben dejar los hongos a la vista de los transeúntes. Los tres hombres vuelven a subir despacio, llevando a través de la espesa pasta de esa tarde húmeda su carga de hongos doblemente capturados: una vez en la caja de cartón, otra en el rollo de la Kodak. En el camino, Cayetano se asegura de que no se crucen con ningún animal muerto, pues, de lo contrario, las setas perderían inmediatamente su virtud.

La mujer los siguió con la mirada hasta su regreso al pueblo, aplastó su cigarro y entró a la sombra. Murmuró algunas palabras incomprensibles a su hija amodorrada sobre una estera, luego se volteó hacia la imagen piadosa colgada sobre su altar y observó durante unos segundos a la Virgen, al niño y los rizos rubios de los querubines que revoloteaban alrededor.

Sobre su espalda, los últimos rayos. La sierra parece arder, se torna roja. Sus sombras los preceden, inmensas, ondulando blandamente sobre el sendero que sube en zigzag por el flanco de la colina al este del pueblo. Gordon sigue sudando a chorros. Allan no ha soltado su cámara en todo el día. Cayetano les dijo que allí arriba encontrarían lo que buscaban. Una curandera y chamana de primera categoría, concreta. La mejor de la región. Una mujer de un poder tremendo. Es amiga, fui a verla hace un rato y aceptó encontrarse con ustedes. No tarden. No habla español, pero mi hermano Emilio irá con ustedes y traducirá. No le ofrezcan dinero a cambio, podrían enfadarla.

Agregó que se llama María Sabina, pero que en Huautla, los viejos la llaman... —se interrumpe, pronuncia en voz baja una palabra en mazateco, busca mentalmente la traducción al español—, la llaman «la Señora sin mancha», la dama sin tacha, la inmaculada.

Un perro, primero, los anuncia. Ya están en la cima del cerro, frente a un puñado de casitas de madera con tejados de paja. Un niño, al verlos llegar, los observa serio y echa a correr seguido por el perro, ahora callado, hasta las faldas de una joven en la entrada de una casa. La mujer toma al niño en brazos, inclina un poco la cabeza hacia Emilio y los dos rostros desconocidos, cruza la puerta, pronuncia algunas palabras en la penumbra de la estancia, sale de nuevo y les hace señas para que se acerquen.

Cuando María Sabina aparece, se queda ahí unos instantes en el umbral, ni afuera ni adentro, flotando en el marco de su puerta. Envuelta en el humo de su cigarro, donde se filtra la luz rojiza de la tarde, parece salir de un inframundo desconocido, es totalmente sobrenatural. Como para disculparse por esta puesta en escena involuntariamente excesiva, les dedica a los tres hombres una sonrisa esquiva, asiente con un leve gesto en señal de saludo, como respuesta a las palabras que acaba de pronunciar Wasson y que no entiende. Se voltea hacia Emilio, que traduce: los güeros la saludan, le agradecen que los reciba. Vienen a conocer el hongo sagrado, conocer sus secretos *desde adentro*, dicen.

Mientras la mujer responde a Emilio, Wasson la observa. Así que ahí la tienen, María Sabina, esa cuasisanta de Huautla. No es muy alta, pero, aun así, en ese umbral que le sirve como el pedestal de una estatua, les saca una cabeza. Se mantiene erguida. En la luz del atardecer, que marca arrugas y relieves, muestra todas las edades a la vez. Wasson tiene ante sus ojos esas edades de la vida impresas a la vez en un mismo cuerpo pequeño. Ve, al mismo tiempo, la frente apergaminada y las manos de muchacha; el pelo, casi todo blanco; y la cintura delgada; la piel firme en la base del cuello; la tela resplandeciente de su huipil, bordado con flores multicolores —ese huipil que, precisamente, las mujeres mazatecas llevan durante toda su vida, desde los quince años hasta su muerte—. No sabe decir, a primera vista, cuántos años o siglos pasaron por esta mujer. Sus manos adornadas con anillos de plata acompañan sus palabras en un tranquilo ballet, imitan un gesto de cosecha, señalan un lugar lejano, luego caen a los lados de su cuerpo. Deja de hablar, se gira hacia Wasson y le sonríe con solemnidad.

Entonces Wasson comprende: no es en las manos ni en la voz de María Sabina donde se percibe su poder. Las manos repiten humildes gestos de campesina, la voz es débil. No: el poder está en los ojos. En los dos ojos negros que, con una infinita dulzura, pero sin parpadear, sin tregua, lo escrutan. Ojos que vieron más allá, se dice a sí mismo. Ojos que se abrieron ante orillas insospechadas. Sostiene de soslayo la mirada de Wasson más de lo necesario, como para comprobar por última vez lo que vio en ella. Luego pasa a Allan, se detiene en la cámara, en esa única pupila del objetivo que descubre sin asombro, más bien con preocupación, y al fin se voltea hacia Emilio y pronuncia nuevamente algunas palabras.

Los dos estadounidenses se concentran en sus labios para intentar entender esas sílabas nasales y abruptas que articula y que los desconciertan por completo, para captar las palabras en español que los mazatecos intercalan a veces en su idioma, pero no hay nada que hacer: la frase de María Sabina sigue siendo indescifrable para ellos. Y todavía más porque esta vez mantuvo las manos inmóviles, que podrían ayudarlos a captar algún sentido. El mazateco, con todas esas modulaciones tonales, les recuerda al tailandés o al mandarín. Durante unos segundos, creen haber llegado al Lejano Oriente, pero las palabras que Emilio les dirige de pronto en español los devuelven de inmediato a México. Dice que María Sabina quisiera saber cuál es la pregunta que les inquieta y que desean hacer a los hongos.

Wasson, una vez más, menciona a su hijo Peter, de quien tiene pocas noticias ahora que entró en el ejército. María Sabina escucha con paciencia lo que le traduce Emilio, deja transcurrir un largo silencio, se toma su tiempo para sopesar cada palabra que escucha, para escrutar a los dos estadounidenses con su mirada de esfinge, y acaba por decirles que acepta. Les mostrará su conocimiento, les hará conocer el hongo sagrado por dentro para responder a su pregunta. Pero no esperará hasta el día siguiente. Lo harán esa misma noche. Dice que hay que tomar las «cositas» mientras sigan saliendo, porque no se sabe si aparecerán de nuevo después. Así que deben volver pasada una hora, cuando haya caído la noche, sin haber comido ni bebido alcohol.

Pasan en casa de Cayetano la hora que los separa de la noche. El alcalde los hace sentarse frente a dos tazas de café humeante y, en su lado de la mesa, se sirve a intervalos regulares vasitos de un licor transparente que parece ser la sustancia misma de la palabra, se vuelve tan locuaz mientras bebe que parece que esté trasegando palabras. Del piso superior aparecen a ratos las cabezas de dos niños que observan a los visitantes y luego se esconden riendo.

Imperturbable, Cayetano escruta el fondo de su vaso y les habla en voz baja sobre Huautla, esa ciudad suya que ya no es un paraíso, de la sierra que enloquece a las gentes, de la lluvia que enloquece a las gentes, de los hechiceros, de los duelos a cuchillo, de los disparos que salpican la noche. Y luego, de pronto, excitado por los sorbitos de aguardiente, alza la voz: Aquí los hombres se toman la justicia por su propia mano, aquí se vive fuera de la ley, señores, como en una época remota..., pero al oír su propia voz protestona se acuerda de que el benjamín duerme en su canasto, en un rincón del cuarto, y vuelve a susurrar: Esto no es Nueva York, ¿verdad, señor Wasson?, dice con una sonrisa triste. Nueva York, con sus avenidas bien iluminadas, su masa civilizada. Aquí vivimos en un siglo oscuro.

Se queda un momento en silencio, como hundido en su vaso, luego levanta la cabeza y añade: Por lo menos tenemos los hongos. Nos ayudan, a mí y a todo el pueblo. María Sabina los consulta y soluciona los conflictos, distingue a los culpables de los inocentes, previene los crímenes. Es mi consejera nocturna, mi ayudante en las visiones y sonríe de nuevo, lo justo para que se le vea el diente de oro. Pero de inmediato desaparece la sonrisa y la reemplaza una súbita expresión grave: como si acabara de blasfemar, se apresura a añadir que ella es mucho más que eso, mucho más que la consejera de un pequeño alcalde de la sierra mazateca. La llaman «la Señora sin mancha», pero también la mujer torbellino, la nadadora principal, aquella que nada en lo sagrado. Cayetano desgrana los nombres de María Sabina como epítetos homéricos, Sabina la que mira hacia dentro, la que silba y truena, Sabina la bienhablada. Nombres, precisa, que ella misma se da cuando los hongos la toman, títulos honoríficos para presentarse frente a ellos antes de hablarles. O, más bien, antes de que hablen a través de ella.

Se dice que los probó por primera vez antes de los diez años, que oyó la voz de Dios. Se dice que puede hablar con Dios, y también con los santos y con María, e incluso con Benito Juárez, difunto presidente de la República. Se dice que cura mediante el Lenguaje, el Alto Lenguaje de los hongos. De hecho, ella nunca los llama «hongos». Porque son algo más que eso, claro. Ella prefiere llamarlos sus «niños santos», o bien «las cositas».

Con eso, Cayetano se calla, los ojos perdidos en el vacío, apura su último vaso, vuelve a tapar la botella de licor y se voltea hacia la ventana constatando que se hizo de noche; les dice: Pues, señores, ya es la hora. La hora de las cositas.

En la zona más alta del pueblo, de pie en medio de la habitación, a la luz tenue de las velas, María Sabina trenza el cabello de su hija Apolonia, sentada frente a ella. Sus dedos se mueven rápido, son como agujas de tejer. Los anillos tintinean unos contra otros, producen un discreto ritmo metálico sobre la melodía que Apolonia tararea en voz baja, mientras inclina la cabeza ligeramente hacia atrás cuando su madre le jala un poco fuerte de la melena negra. Mientras los diez dedos entrelazan los mechones, ocupados en esta acrobacia repetida a diario, casi independientes del resto del cuerpo, el rostro de María Sabina es adusto, la mirada sombría. Y cuando le ata cada una de las trenzas con una cinta, le dice a su hija que acertaba al soñar, hace unas noches, con hombres blancos. Ella dice que el sueño los anunció, pero que no sabe qué anuncian esos dos hombres. Dirigiéndose ahora a la noche, dice: Pero que vengan y sabremos.

Y la noche responde con tres golpes en la puerta.

Gordon Wasson y Allan Richardson ya están en el sanctasanctórum. Que en circunstancias normales no es otra cosa que la habitación principal de la casita de María Sabina. Un templo rústico: en el suelo, arcilla; en las paredes, un crucifijo y algunas imágenes religiosas —el niño Jesús, el bautismo en el Jordán, san Pedro y sus grandes llaves—; en un mueble, una estatua de la Virgen de madera barnizada. La escena está iluminada aquí y allá por algunas velas que proyectan en las paredes sombras inmensas y vacilantes. Seis sombras, demasiado grandes para la habitación, que se entrecruzan, se superponen. Wasson y Richardson están sentados al fondo, en dos sillas contiguas. Enfrente a la derecha, Emilio sentado en una estera. A su izquierda, María Sabina y sus hijas, Aurora y Apolonia, de rodillas frente a una mesa baja, de espaldas a ellos, colocando algunos objetos que Wasson reconoce: el ramo de gladiolos, el montón de tabaco, el tazón de copal, la caja de los hongos. Como de costumbre, María Sabina fuma. Distraída, dejando que el cigarro se consuma en sus labios, que forme una oruguita de ceniza que acaba por caer.

Wasson también fuma. Está nervioso. Lleva mucho tiempo esperando este momento. Se remueve en su silla, garabatea algunas notas, dibuja el plano del cuarto y la disposición de los invitados, pero el lápiz le tiembla un poco. Está impaciente. Probablemente tiene miedo de lo que le espera. Porque esta vez no va a quedarse en el umbral, va a atravesar la gran puerta. Esta vez no mirará desde la superficie a Alicia cayendo en la madriguera, la va a acompañar. Durante toda una noche. Antes de entrar en casa de Sabina, Cayetano les advirtió que nadie podrá salir antes del amanecer. Y nadie debería entrar durante la noche. La ceremonia será a puerta cerrada, en secreto.

Aun así, Allan hizo algunas fotos. El flash, cada vez que dispara, plasma durante una décima de segundo sombras aún más sobrenaturales en las paredes. María Sabina, por medio de Emilio, le pide al fotógrafo que pare tan pronto como «la fuerza la posea».

Y entonces, por fin, comienza. Les sirven chocolate para beber, y Sabina saca uno a uno los hongos de la caja, los frota un poco para quitarles la tierra, los pasa sobre el humo del copal y reparte las dosis, en pares. En tres tazones, para sus hijas y ella, pone trece pares. Los demás tendrán seis cada uno. Una vez distribuidos los tazones, Sabina se lleva los primeros hongos a la boca, se los come enteros, sombreros y tallos, y los mastica con la mayor seriedad. Apolonia, Aurora y Emilio hacen lo mismo. Los dos estadounidenses aún dudan. Allan mira su tazón, contrariado: su esposa Mary le hizo jurar que no comería ni un gramo de esos malditos hongos, así que susurra algo en el fondo de su tazón *—Oh God, what will Mary say?—*, mira a su amigo Gordon, que ya muerde su primer par, y también se lanza. Da igual Mary, ya se lo explicará. Ambos hacen muecas, el hongo es tremendamente amargo, con un regusto a grasa rancia, infame. Ya les habían advertido. Aún quedan cinco en el tazón. En la habitación ya no se oye más que las bocas masticando. De vez en cuando, un ave nocturna afuera.

Es curioso, Wasson, por más que haya leído todos los libros sobre los ritos más alejados de su propio universo, por más que haya recorrido el mundo en su extrema rareza, no puede evitar observar a través de un filtro familiar lo que tiene delante. Ahora bien: la escena que tiene delante, para él, es una eucaristía. De repente, el hongo le parece una hostia. De hecho, tiene un crucifijo enfrente. También recuerda que en náhuatl, la lengua azteca, el hongo alucinógeno se llama *teonanácatl*, «carne de los dioses». La cosa trata, entonces, de comer un poco del cuerpo divino. Wasson el etnocéntrico quizá no va tan desencaminado. En ese momento piensa en su padre, el difunto reverendo Wasson, recuerda sus gestos de oficiante y encuentra esa misma solemnidad en los de María Sabina. O bien se pregunta qué clase de cuerpo tendrán los dioses aztecas o mazatecos para que su sabor sea tan repugnante.

Al rededor de las once de la noche, cuando los comulgantes se han tragado todos sus hongos, María Sabina toma un gladiolo del florero y, con un gesto cruel y delicado, apaga la última vela con la punta de la flor. Los pétalos crepitan, emiten un fino hilo de humo y les parece oír chillar a la flor. Ya solo un rayo de luna gibosa que cae de lado sobre la mesa convertida en altar ilumina la habitación. En la penumbra, ya no hay bocas masticando, solo seis respiraciones. Seis respiraciones que suben y bajan, primero sincronizadas, luego pierden el ritmo común, se singularizan: aquí una respiración corta, entrecortada, allí el suspiro a pleno pulmón de uno que duerme profundamente, aquí otro suspiro imperceptible, casi una apnea. No se oyen, pero los seis corazones también se desincronizan. Algunos se ralentizan, otros se aceleran, se calman de nuevo.

María Sabina rompe el silencio, en voz baja, gime suavemente, luego más fuerte. Se forman sonidos, se articulan, aparecen consonantes, las sílabas se posan sobre notas, el canto emerge. Como criaturas salidas de la arcilla, las palabras surgen en este magma de sonidos, palabras mazatecas, pero a veces también algunos nombres en español: santo, san Pablo, san Pedro, Cristo. Poco a poco, las palabras encajan entre ellas; las frases se alargan y se repiten, dibujando bucles, el canto se convierte en una letanía. A la voz de María Sabina se le unen a veces las de sus hijas. Los invitados se instalan en las espirales del canto. Imperceptiblemente se desploman, se acercan al suelo y se cubren con mantas de lana, porque llegan las primeras olas. Tendido en su estera, Allan voltea la cabeza hacia Gordon, que tiembla, y le susurra algunas palabras al oído —Gordon, empiezo a ver cosas— y cierra los ojos.

Entonces, Gordon Wasson, etnomicólogo de renombre, autor de varios trabajos destacados, invitado de honor en el Century Club de Nueva York, miembro del club de antiguos alumnos de Columbia, vicepresidente de relaciones públicas de J. P. Morgan & Company; Gordon Wasson, de repente, deja de ser todo eso. De golpe, pierde todas sus etiquetas mundanas. El erudito, el banquero, el orador, el caballero explorador, todos sus rostros caen.

Se inclina hacia atrás en el vacío. Durante unos momentos, no es más que un pequeño cuerpo arrojado al cosmos. O, mejor dicho, al caos. Un espacio negro, confuso, ilimitado. Las voces de María Sabina y sus hijas ahora están a kilómetros. Está solo. Le entran náuseas, se levanta para vomitar en la habitación contigua, seguido de cerca por Allan. Después de veinte minutos vaciándose de una especie de melaza negra, su estómago acaba por calmarse. Se vuelve a acostar, no suelta el cuaderno ni el lápiz, trata de reprimir los efectos, de mantenerse lúcido para poder escribir, pero los hongos lo arrastran de nuevo.

Para Wasson, el gran espacio negro se ha convertido en un bosque de símbolos. Aparecen imágenes. Primero, formas angulosas, sobre todo triángulos, una lluvia de esquirlas, de espejos rotos. Y, luego, los triángulos se organizan en superficies móviles, coloridas, en motivos de alfombras orientales, de caleidoscopios giratorios. Las superficies se redistribuyen en volúmenes, ganan en profundidad; los ángulos se suavizan, las líneas se curvan, ya no es un caleidoscopio, sino una catedral suntuosa donde Wasson se pierde en cortinajes de oro, una avalancha de cortinajes de oro, gemas y mármoles bucinados; ya no hay un espacio vacío, todo se llena sin parar de oro y plata, ónix, ébano ante sus ojos. Apenas logra deslizar una mano entre los pliegues dorados para tomar su lápiz y anotar en su cuaderno la palabra *barroco*.

Se forman techos, columnas, arcos; la cascada barroca se ha estructurado en un estilo asiático, algo irreconocible, nunca visto, una mezcla de pagoda china y Taj Mahal rococó. Wasson nada en *kitsch*. Querría congelar la visión, tomarse unos minutos para dibujar estos campanarios bulbosos, estas puertas ojivales, pero las formas cambian a cada segundo, se entrecruzan y se subdividen, se autogeneran.

Vuelve a abrir los ojos, pero las visiones persisten. Durante un momento, se dice a sí mismo que tiene delante las arquitecturas fantásticas descritas en el Apocalipsis de san Juan. Se cree el mismísimo san Juan, a quien se le revelan las imágenes de un reino celestial. Recuerda las palabras de Aurelio, dos años antes: en Huautla, los hongos les llevan «donde está Dios».

Desde las profundidades de su viaje, hace un nuevo gesto con el brazo y toca la pared fría junto a la que se acostó. Al instante recupera las paredes, la arcilla, la noche austera de Huautla. El barroco se esfumó. Recuperar tan rápido la gravedad le revuelve otra vez el estómago. Se incorpora, se concentra en su respiración e intenta fijar la mirada en algo: el ramo de gladiolos, por ejemplo. Inspira y espira con calma, recupera el control de sus percepciones, recupera el dominio de sí mismo. La náusea desaparece. Pero de inmediato siente el piso desmoronarse nuevamente, los traviesos hongos jalan de la alfombra cósmica donde está sentado. Se desliza otra vez. El ramo que observa se infla imperceptiblemente, se comba y se convierte en un carro imperial. El barroco vuelve a crecer como mala hierba sobre todo lo que ve, el carro se hunde bajo el oro, tirado por criaturas mitológicas indescriptibles, quimeras de quimeras. Una vez más, las cuatro paredes se separan, y detrás del ramo convertido en carro vuelve a la carga todo un convoy de recubrimientos dorados, columnas retorcidas, doseles y púlpitos de catedrales. Todo esto es absolutamente nuevo, brillante, sin pátina, como salido de una manufactura celestial.

Allan también está en pleno caos. Pero su universo es más cristalino, una especie de palacio de cristal o de hielo, con formas fractales, como las de los copos de nieve, *a frozen land*, como le dice a Wasson. Porque los dos hombres logran hablar durante la experiencia, compartir lo que ven, como dos astronautas comentando por el micrófono de su escafandra los territorios de un planeta lejano que exploran por primera vez. De hecho, lo que Allan tiene ahora ante sus ojos en su palacio de cristal se asemeja al océano del planeta Solaris, una masa semoviente e impredecible que erupciona en espirales, expulsa concreciones arborescentes y tiembla como el lomo de una fiera.

Para Gordon, el campo se ha ampliado. Su convoy imperial se ha instalado en un vasto desierto. Ve montañas a lo lejos. A la izquierda, el estuario de un río inmenso, unas aguas transparentes tachonadas de juncos. Ahora ya no está inmóvil, avanza.

Consigue moverse hacia los detalles que le interesan, puede hacer zoom, girar sobre sí mismo, cruzar umbrales, despegarse del suelo y descender de nuevo. Se acerca a una cabaña tosca junto a la que hay una mujer inmóvil con la mirada perdida como una estatua antigua. Ella no nota su presencia. Es un universo al que él no pertenece, un paisaje del que lo ve todo, pero donde nadie lo ve, ni la estatua ni los camellos que acaban de aparecer entre las dunas. Es un ojo que navega sin cuerpo, un ojo que vuela..., ¿se acordará, en ese preciso momento, de la máscara de albatros que vio cincuenta años antes en el Museo Metropolitano?

De tanto en tanto le llegan los ecos del canto de las tres mujeres, ahora más rítmico, más percusivo. No sabría decir si viene de las montañas o de esta cabaña tan cercana y a punto de ser devorada por las arenas. Las voces aumentan de intensidad, su cadencia hace que las visiones de Wasson se agiten, las dunas de arena se encrespan como un mar embravecido. Vuelve a abrir los ojos para intentar ver a las cantantes, pero nada cambia, en la habitación está todo oscuro y las visiones no desaparecen. Escucha a María Sabina golpearse las manos y el pecho. Gira sobre sí misma, en trance, se mueve furtivamente por la habitación, los golpes vienen de todos lados, impredecibles; ella está «*hic et ubique*», piensa Wasson, aquí y en todas partes al mismo tiempo, como el fantasma de Hamlet. Ese golpeteo resuena por todas partes como el pulso de la propia noche. Poco a poco, el canto se apacigua, madre e hija se vuelven a sentar una al lado de la otra, intercambian algunas palabras en voz baja mientras se toman de las manos, echan alguna ojeada discreta a sus invitados.

Wasson se ha levantado. Se apoya en la pared, con la mirada fija en un rincón del techo. Flota entre vapores, en un mar de nubes, la cara vuelta hacia la luz brillante que divisa a lo lejos. Apartando una por una las nubes con las manos como quien abre unas cortinas, se acerca a la luz, está a punto de tocarla con la punta de los dedos, pero las nubes son el vapor de locomotoras que baña el andén de una estación y que, una vez disipado, deja ver un gran globo ocular donde un yin rojo y un yang negro giran lentamente, como el logo de la Northern Pacific Railway que vio de niño en la estación de Mineápolis. Ante ese gran ojo bicolor que surge de las nubes, el vicepresidente Wasson ya no tiene más que cuatro o cinco años, solo es un chico cansado buscando a sus padres en una estación inmensa inundada de vapor.

El logo desaparece, pero la luz vuelve, atractiva, escurridiza. Como una polilla en el halo de un faro, Wasson siente que los últimos velos que lo separan de lo Inefable se van a entreabrir, está a punto de encontrar el Último, pero pierde el equilibrio, le flaquean las rodillas y cae hacia atrás con un sonido sordo, las nalgas contra la arcilla.

El paisaje de Allan se ha calmado. Las dunas de hielo siguen avanzando hacia él como olas hacia la costa. O tal vez son cortinas de terciopelo blanco. En cualquier caso, se deja mecer. Cree haber oído a alguien caer a lo lejos. Le pregunta a Gordon si está bien, pero Gordon no responde. Preocupado, intenta salir de su desierto de terciopelo, salir a la superficie, lo logra lentamente. Encuentra de nuevo la silla, el aire húmedo, los olores de humus y madera quemada de la casa de María Sabina. Se pone de pie y se voltea hacia su amigo, compañero astronauta que acaba de regresar de su misión de exploración de Solaris, y se da cuenta de que está tendido en el suelo, dormido. Allan cree haber vivido apenas treinta minutos de viaje, pero, al ver su reloj, se da cuenta de que en realidad pasaron cuatro horas y media. Entonces, se vuelve a acostar y finalmente se queda dormido también, *hic et ubique.*

No vamos a contar qué cascadas barrocas se agitan tras las pupilas dilatadas de Gordon Wasson durante su segunda noche de setas en Huautla. Se desconoce hacia qué lejanas orillas, hacia qué templo oriental viaja desde la pequeña habitación húmeda de María Sabina. Sin embargo, se sabe que esa noche está atestada de esa habitacioncita. Alrededor de la respiración entrecortada de Wasson hay diez o doce respiraciones más, doce corazones de latidos imprecisos, doce columnas de sangre caliente que tiemblan. Serán sobrinos de María Sabina, vecinos, enfermos llegados de lejos.

También sabemos que, frente a Wasson que flota, frente a María Sabina que oficia y flota, frente a esos doce invitados congelados, clic, en los diminutos focos, flashes, los filamentos de aluminio se encienden unos detrás de otros e iluminan la escena en exceso, como a pleno sol, y luego se apagan de inmediato, clic, unos detrás de otros en una milésima de segundo, en el preciso instante en que Allan, que esa noche no tomó hongos para mantenerse concentrado, aprieta el disparador con la punta del dedo, en el preciso instante en que finge olvidar el deseo expreso de la oficiante, ese instante en que el obturador entreabre su minúscula cortinita para dejar entrar, clic, toda o parte de esa luz excesiva, para hacerla atravesar la caja e impactar de lleno, clic, en los haluros de plata del rollo de película, clic, y dejar impresas para siempre las imágenes de la noche en Kodachrome color 35 mm.

¿Dónde estás tú en ese momento, Valentina Pavlovna Wasson? Tina, la compañera, tú que más tarde en los libros siempre quedarás un poco oculta tras tu marido, cuando no directamente omitida. Tú, que de los dos eres la única que estudió Medicina; tú, la auténtica científica. Tú, que escribiste la mayor parte de su obra a cuatro manos, que pronto se titulará *Mushrooms, Russia & History*. Tú, a quien Gordon debe todo; tú, la primera micófila. Tú, la primera que te enfrentaste a las amanitas y a los *Boletus satanas* sin despeinarte. Y, sin embargo, es él quien, sin esperarte, acaba de probar este nuevo espécimen. ¿Qué haces, Tina, en el preciso instante en que tu marido el descubridor, al que pronto llamarán el Cristóbal Colón de los hongos alucinógenos, pone el pie, por segunda vez, en la *terra incognita* de las visiones ofrecidas por el hongo mazateco? Llegas solo unos días después que Gordon. Tres o cuatro días de diferencia, y resulta que te ves condenada a seguir sus pasos por esas tierras nuevas, a pisar donde ya pisó él, a quedarte en segundo plano.

Es el trabajo lo que te retiene. Una pediatra de tu categoría no abandona a sus pacientes con la facilidad con la que Gordon se olvida de sus gráficas de facturación. O es tu hija Masha, que le queda una semana de clases y parece que tienes que ser tú quien se ocupe de ella cuando el señor se va de aventuras.

Entonces aprovechas esos últimos días de junio sin Gordon para hacer algo que ya pocas veces haces. Después de las últimas consultas, no vuelves directamente a casa, te vas sola por Nueva York y paseas hasta la noche. En Riverside Park te sientas en tu banco favorito. Con un cigarro en la mano y un turbante estilo Beauvoir, te pasas unos minutos observando a los niños que juegan frente al Hudson, sus sombras que se alargan, y luego sigues el río por la margen oeste de Manhattan hasta llegar a los muelles. A tu izquierda divisas Ellis Island, donde atracaste por primera vez con tu familia tras cruzar el Atlántico. Tenías dieciséis años, dos menos que Masha. De pronto se te ocurre que ya no recuerdas el nombre del barco... ¿el Normandie? ¿El Léviathan? Pero en cambio conservas muy claro el recuerdo de la cubierta, abarrotada de gente, a la entrada de la bahía brumosa, y luego tu leve decepción ante la Estatua de la Libertad, que imaginabas cien veces más alta, y las horas pasadas en Ellis, los controles, la espera, el vértigo finalmente en Manhattan. Te quedas mucho rato, con el sol en los ojos, frente a esa bahía llena de recuerdos, antes de emprender la vuelta a casa.

Aprovechas su noche solas para enseñarle a Masha malas palabras de marinero ruso, llevarla a comer *waffles* con jarabe de maple en Madison Avenue, o para zambullirse juntas en la lectura de los primeros capítulos de una novela británica recién publicada en el sofá de la sala: la historia de cuatro hombrecillos que aman las setas y emprenden un viaje lejos de su hogar para destruir un anillo mágico. *La Comunidad del Anillo*, de un tal Tolkien.

De modo que llegas a Huautla unos días después y por aire, esta vez. Esa mañana, una avioneta estruendosa cruza el cielo y aterriza bamboleándose entre los baches de una pista improvisada, el único lugar plano de toda la región. La puerta de la minúscula cabina se abre y ahí estás, Tina, seguida de Masha. Calzadas las dos con botas de hule, saltan del avión directamente en un charco. La salpicadura te hace reír, te espabila. Estiras de buen humor tus miembros entumecidos en el aire fresco de la mañana frente a Gordon, que vino a buscarte. Junto a la pista, en el barranco, la carcasa destrozada de otro avión te hiela la sonrisa al recordarte fugazmente el riesgo que están dispuestos a correr desde el comienzo de esta empresa mexicana.

Hasta ahora el cielo estaba claro, pero justo después del aterrizaje las nubes se amontonaron. Nubes pesadas, grandes bolsas de agua oscura listas para estallar sobre las crestas de la sierra. Al verlo, el piloto se vuelve a subir *ipso facto* después de tomarse su café ardiendo, sin decir nada sobre la hora de su regreso, previsto para el día siguiente.

El avión despega y desaparece tras la montaña. Empieza a llover de repente, una cortina opaca que empapa a todos de la cabeza a los pies en cuestión de segundos. El habitual diluvio de la temporada, pero ese va a prolongarse durante varios días seguidos, se filtrará gota a gota en las casas, transformará el pueblo en un barrizal. Con Masha y Gordon, corren a refugiarse bajo un porche, una medida puramente simbólica, y luego suben a resguardarse y beber chocolate en la casa de Herlinda, la maestra que los acoge.

Dos o tres días después, el avión sigue sin volver. Pensabas pasar solo unos días, viniste a ayudar a Gordon a recoger los especímenes, empaquetarlos y poner orden en sus notas. Pero ahora estás atrapada en Huautla, en la sala de la casa de Herlinda, envuelta en el saco de dormir, al igual que Masha y Gordon a tu lado, apretujados los tres bajo montones de mantas, mirando cómo caen gotas del techo, a la luz titilante de una lámpara de petróleo, mientras afuera llueve a mares sobre la tierra sin descanso. Por sorprendente que resulte, no viniste a probar el hongo. Pero ahora, ya que estás ahí, confinada, con especímenes a mano que te permitirían escapar algunas horas del aburrimiento diluviano, hacerte salir sin mojarte de esa horrible habitación con goteras, ¿por qué no? Pensándolo bien, un viaje no te vendría mal.

Sin decir nada a Herlinda, que está cocinando en la casa vecina —Herlinda, que ve con muy malos ojos el chamanismo y los hongos sagrados, los considera herramientas de una oscura hechicería que ya no tiene cabida en su país en 1955; que, de hecho, acepta acoger a los Wasson porque cree en la ciencia y en Estados Unidos—, sin decirle nada, Gordon se acerca de puntitas con nueve hongos para cada una en una bolsa que tiende a Masha y a ti. De pronto ya no te atraen tanto esas cositas húmedas, grisáceas, manchadas de tierra grasienta, mucho menos hermosas que los anacates dorados de tu infancia. Cuando te las llevas a la boca es aún peor de lo que imaginabas. El sabor a grasa rancia te voltea el estómago de inmediato. Gordon les anima a seguir, les ofrece una taza de chocolate caliente para poder tragar. Masha también hace una mueca después de comerse sus setas; Masha, a quien autorizaste a embarcarse en el viaje a tu lado, madre e hija de la mano; Masha, que, a pesar de sus dieciocho años, de repente te hace pensar en Alicia cruzando al otro lado del espejo.

Empiezas a notar los primeros efectos, ves brillar con intensidad los cuadros de la camisa de Gordon, las venas y los nudos en las tablas de madera de los muebles se mueven lentamente, girando como en la superficie de un río color café. Como buena científica, te prometes, al igual que tu marido en su momento, mantenerte lo más lúcida posible, no ceder demasiado a los hongos, pero inmediatamente eres consciente de la paradoja: ¿cómo mantener el control en una experiencia alucinógena? Y, sin embargo, eso es lo que sucede, te mantienes alerta ante las visiones, consigues refrenarlas a veces, estás adentro y afuera..., al menos así lo contarás más tarde.

Masha cree ver pasar aves por la habitación, luego exclama divertida que ella misma se transformó en pollo —*I feel like a chicken!*—; te ríes con ella, pero ya estás lejos, estás en Lascaux, frente a un enorme ábside de piedra cubierto de pinturas rupestres. Ese recuerdo de tu último viaje a Francia —pasaste por la Dordoña para visitar algunas cuevas pintadas— se magnifica, exacerbado por el psicotrópico. Sientes una punzada de decepción, no obstante, porque en secreto esperabas que te llevara a tu Rusia natal, que no ves desde 1918. ¿Qué haces embarcada en plena prehistoria, cuando lo único que deseas es un poco de infancia, un poco de Volga y vapores de samovar? En el fondo no es un hongo lo que necesitas, querida Tina, sino una magdalena.

Saliste de la cueva. Incluso lograste salir por completo de la alucinación para fumarte un cigarro, intercambiar algunas palabras con Gordon, que está garabateando tu relato en su libreta, y luego vuelves a tumbarte. Ves estirarse el techo, la superficie de las paredes se riza en volutas como merengue, y de repente la austera casa de Herlinda se convirtió en Versalles. Ahora estás en un salón de baile, a tu alrededor se baila un minué con música de Mozart. Sobre las cabezas, los candelabros de cristal infinitos se despliegan como rosas de Jericó sumergidas en agua. En medio de un derroche de oros y cristales multicolores, en medio de violines y arabescos de estuco, compruebas la proclividad de los hongos mazatecos a la grandilocuencia y al rococó. También por el exotismo, pues ya no estás en Versalles, ahora navegas por un canal de Ámsterdam. «*Nonsense!*», piensas, donde realmente quieres estar es en Moscú, no en Versalles ni en los Países Bajos.

Te concentras, igual que esos soñadores de élite que en las horas difusas de la madrugada, desde los pliegues algodonosos donde el sueño se confunde con la vigilia, son capaces de alterar el guion de sus sueños. Intentas hacer aflorar imágenes, pronuncias algunas palabras en ruso para darles cuerpo, para hacer resurgir voces antiguas. Desde tu rincón de arcilla, los que te rodean apenas distinguen esos sonidos que resurgen desde la niñez sumergida, ven tus labios moverse sin oír tu voz, amortiguada por la lluvia torrencial.

Entonces parece que por fin funciona, tu conjuro personal. Desde Huautla, donde el diluvio descarga sobre el techo de la casa de Herlinda, tal vez el hongo te conceda por unos minutos los vapores de los samovares, los campanarios bulbosos o el reflejo del Volga. Tienes suerte: lo que la memoria involuntaria otorga a otros solo a través de una conexión extremadamente tenue, absolutamente impredecible —la de, digamos, un pastel en forma de concha sumergido en una infusión de tilo en un día de invierno—, un hongo amargo y viscoso te lo ofrece sin reservas, antes de sumergirte en un dulce sueño sobre el hombro de Masha.

Masha y tú no son las primeras en caminar por las tierras alucinadas a las que conduce el hongo mazateco, pero esa tarde son las primeras, tal vez, en consumirlo sin ceremonias, sin chamán ni oraciones, sin humo de copal, simplemente como experiencia pura. El viaje fuera del ritual. No serán las últimas.

Cerca tienen el libro de fantasía que comenzaron hace unos días, esa historia de semihombres y un anillo mágico. Lo dejaron abierto al principio del cuarto capítulo, titulado «Un atajo hacia los hongos».

Parten dos o tres días más tarde, cuando por fin cesa la lluvia.

Antes del despegue pasa Cayetano para transmitirles un mensaje de María Sabina. Les pide que no se vayan de la lengua. Que no cuenten demasiado de lo que vieron. Que no mencionen el nombre de Huautla ni el de los mazatecos ni el suyo. Que no señalen el pueblo en un mapa y, sobre todo, que no enseñen las fotografías que el amigo de Gordon hizo estando ella bajo el efecto de las cositas. No se las enseñen a más personas de las que puedan contar con los dedos de una mano, y con esa mano sobre el corazón, júrenlo.

Desde el umbral de su casa, María Sabina ve su avión corriendo por la tierra empapada de agua y elevándose luego por encima de las nubes hacia el norte. Por la noche, las cositas le enseñaron su ciudad. Un hacinamiento de hileras de ventanas. Un bosque de torres brillantes rodeadas por las aguas al borde del mar. En medio de este bosque de cristal, otro bosque muy real, lleno de árboles y rocas, pero con una forma extraña, de ángulos rectos, como tallados. Vio caer la noche allí, y las luces de la ciudad la cegaron. Luego le contarán que se llama Nueva York. Una ciudad de cristal y luz, donde los secretos no duran mucho.

II

HUAUTLA WONDERLAND

Nuestro deseo de narrar es insaciable.

A finales de los años cincuenta, la tirada de la revista *Life* es de más de cinco millones de ejemplares en Estados Unidos. Como buen *picture magazine*, da mucho protagonismo al fotoperiodismo. Inspirará a *Paris Match*. Pese a contar con doscientas páginas de textos y fotos en color, cuesta solo veinte centavos. Causa sensación. *Life* está en todas partes: en el metro de Chicago, en los escritorios de Berkeley o Harvard, en las playas de San Francisco, en todos los médicos y peluqueros del país, en los baños del Pentágono, en los aviones que viajan al pasado de Nueva York a Los Ángeles. Todo el mundo la lee, la devora, la recorta, la hojea, la odia o la adora. Para los desafortunados que aún no tienen televisor en casa, *Life* los empapa de imágenes e historias de todo el mundo, con su carga obligada de anuncios diversos y sutiles mensajes patrióticos o anticomunistas. Si uno aparece en *Life* adquiere el don divino de la ubicuidad, es visible en todas partes en un abrir y cerrar de ojos, es conocido por millones de personas en un solo día.

En el número del 13 de mayo de 1957, entre anuncios del último Ford descapotable —«Marcando el ritmo en las carreteras estadounidenses»—, de los jeans Lee —«¡El pantalón preferido de los vaqueros aguerridos!»— y del desodorante Fresh —«para casos complicados»—, en las veinte páginas del dosier especial, Gordon Wasson lo cuenta todo.

Porque, mientras María Sabina oficia en la penumbra, Wasson, en el primer piso de un edificio neorrenacentista, participa en otras ceremonias. Cambia de rostro una vez más, se convierte en Wasson el caballero, el hombre de mundo. Pasa las tardes en el selecto Century Club, donde, entre el *sfumato* azulado de los puros y el tintineo de los vasos de whisky, se reúnen los hombres de la alta sociedad —los «centuriones», como les gusta llamarse— a hablar de negocios, coches y, a veces, de aventuras mexicanas. La noche en que Wasson cuenta su historia, saboreando un whisky añejo para animar su relato, tiene entre el público a Ed Thompson, editor jefe de *Life*. Wasson se recrea al narrar, está en su salsa lo mismo entre el terciopelo de los clubes masculinos como entre el polvo de los archivos o en el barro de la sierra. Se siente cómodo en todas partes; es casi irritante. Thompson escucha, y en su mirada se enciende una pequeña chispa. Ya vislumbra el artículo sensacionalista, la sacudida mediática. En una palabra, el notición. Escucha toda la historia, pide a Wasson que vaya a presentar su aventura a la redacción. Entonces, en las oficinas de *Life*, Wasson vuelve a relatar, lo cuenta mejor aún, acentúa los peligros del viaje, la importancia del descubrimiento, enseña las fotos de Richardson. Otra chispa se enciende, esta vez bajo la maraña de cejas de Henry Luce, el director, otro «centurión». Se acerca a Wasson y le susurra al oído los términos del contrato: 8 500 dólares por publicar su relato en *Life*, un dosier especial entero, fotos, ilustraciones, derecho a revisar la versión final. *Sfumato* de puros, tintineo de whiskies. Apretón de manos. *It's a deal.*

Se titula «*Seeking the magic mushroom*», y comienza con una foto a página completa de María Sabina sosteniendo un hongo en medio de la niebla azul del copal. Luego viene un largo texto en el que Wasson explica sus primeras investigaciones, repasa los ritos ancestrales relacionados con los hongos en América Central, cuenta su descubrimiento de las piedras-hongo y sus viajes a Huautla, su encuentro con la chamana, sus visiones bajo el efecto de los psicotrópicos. Todo ello adornado con numerosas imágenes: retratos de los esposos Wasson trabajando, casas del pueblo, etapas de la ceremonia —María Sabina repartiendo las setas, María Sabina orando después de comer los hongos, dos niñas en trance— y varias acuarelas que representan los diferentes especímenes alucinógenos encontrados en la región.

Cambiaron los nombres: María Sabina se llama Eva Méndez y Cayetano se convierte en Filemón. El nombre del pueblo no aparece. Se nos dice que está situado en el sur de México, pero las montañas mazatecas se convirtieron en «mixtecas» (la palabra se la inventó Gordon). En cambio, el artículo menciona la próxima publicación de *Mushrooms, Russia & History*, donde volverá a aparecer la aventura mexicana sin que se modifique ningún nombre.

Seis días después, el 19 de mayo, Tina, siempre a la sombra de su esposo, cuenta a su vez su experiencia en *This Week*, suplemento dominical de unos cuarenta periódicos de todo el país, con una tirada de cerca de quince millones de ejemplares. Incluso aparece en la portada del número, sonriendo con su bata blanca junto a un gigantesco hongo esculpido en piedra: «*I ate the sacred mushrooms. An astonishing scientific adventure in Mexico*». La llegada con Masha, el diluvio en el pueblo, los hongos para engañar el aburrimiento, sus visiones de Lascaux y de Versalles, de su antigua Rusia, todo está ahí.

En mayo de 1957, por tanto, millones de estadounidenses, al hojear su nuevo número de *Life* o *This Week*, se enteran al mismo tiempo de la existencia del último psicotrópico natural aún desconocido por Occidente. Descubren que, en algún lugar no tan lejos de sus casas, al otro lado de esa frontera sur, aferrada a una cadena montañosa de nombre exótico, hay una cabaña con tejado de paja donde una anciana, si logras llegar hasta allí, te abre la puerta a nuevos mundos sobrenaturales, te ofrece un encuentro con lo divino, te hace escuchar sus extrañas letanías («*I am a star woman, a moon woman, I am a cloud person*», según traducción de Gordon Wasson).

Estupor en las cocinas equipadas, bajo las secadoras de casco en las peluquerías, sorpresa bocabajo en las playas de la costa oeste o en un rincón de la cantina en Berkeley o Harvard. Se intercambian las revistas, se pasan a la copistería, se recortan las imágenes del hongo para pegarlas en cuadernos secretos junto a una foto de Kim Novak o del Che Guevara. Los artículos de los Wasson causan sensación. Hacen palpitar los corazones y sonar los teléfonos de las redacciones que los publicaron: quieren conocer a Gordon y a Valentina Wasson, entrevistarlos, pedirles ejemplares para probar, quieren saber el nombre del pueblo mexicano donde encontrar a esa chamana, quieren saberlo todo. Sin duda, también hay clamores en el auricular de baquelita, protestas: ese artículo es una indecencia, vaya apología de las drogas, ¿no les da vergüenza meterles eso en la cabeza a los jóvenes, alejarlos del camino recto de Dios con sus cuentos de brujería, convertir una intoxicación en un dulce sueño?

No sabemos qué se dice por teléfono esa semana de mayo de 1957 en las redacciones de *Life* y *This Week*. Lo que está claro es que los Wasson acaban de despertar una curiosidad desenfrenada que costará saciar, y aderezan su relato con dos ingredientes que la juventud estadounidense creía haber perdido para siempre: la magia y la aventura.

En un lugar, sin embargo, los artículos de los Wasson no causan sorpresa. En la CIA, de hecho, ya se sabe todo sobre el hongo mazateco y las aventuras de la pediatra y el banquero. Los responsables del programa MK-Ultra sobre control mental lograron infiltrar gente, incluso, en una de sus expediciones mexicanas de 1956. Encargaron al químico James Moore que actuara como espía, acompañara a Wasson hasta Huautla, no lo perdiera de vista e hiciera un gran acopio de información y hongos. Y desde el regreso de Moore, detrás de las puertas acolchadas del secreto de Estado, se examina y mastica, se comparan los efectos, se intenta aislar la sustancia. Se analiza el hongo sin descanso, se lo somete a examen hasta arrancarle todos sus secretos.

En esa época, el hongo cruza el Atlántico, cambia de continente. Llega a París, al Barrio Latino. Ese día, en el Museo de Historia Natural, en la puerta de la oficina del director, hay un cartel que dice: EL DIRECTOR SE ENCUENTRA EN EL LABORATORIO DE CRIPTOGAMIA. Y, en la puerta del laboratorio de criptogamia, otro cartel dice: NO MOLESTAR: AUTOEXPERIENCIA EN MARCHA.

Al otro lado de la puerta, sentado frente a una mesa de azulejos blancos, Roger Heim, director del museo y micólogo de renombre, examina las muestras mexicanas que Wasson le envió. La lupa que sostiene agranda desmesuradamente su ojo izquierdo. El ojo chispeante de un micólogo en pleno descubrimiento de una nueva especie. Sostiene un hongo entre el índice y el pulgar, lo hace girar sobre sí mismo como un minúsculo sombrero chino, lo observa detenidamente, murmura sus observaciones en un idioma propio, deja la lupa y toma la pluma para anotar en un cuaderno lo que murmura: «Sombrero pequeño, regularmente cónico-campanulado, compacto y mamilar, compactas incluso las papilas gemiformes. Color café rojizo, sin matices verde azulados. Muy higrófano. Pie delgado, fistuloso». Luego le da la vuelta al hongo y vuelve a murmurar: «láminas moradas fuliginosas, ventrudas». Luego lo olisquea con delicadeza y pone cara de asco: «potente olor a levadura». Pero, después de esa mueca, parece que le gusta aún más. Lo vuelve a mirar, ladea la cabeza con ternura, deja el bolígrafo y se dice que es el momento.

De su billetera extrae con cuidado una foto de su esposa, la besa y la coloca frente a él sobre la mesa. Saca otra foto, la de su mentor, el gran micólogo Narcisse Patouillard —pensar en escribir una novela sobre Narcisse Patouillard, sobre esa época en la que alguien podía llamarse Narcisse Patouillard— y la pone junto a la de su esposa. Al hongo, le echa una última mirada, llena de amor y temor a la vez, y luego lo engulle de un bocado. Al ingerirlo, reprime una ligera arcada y reanuda la escritura: «sabor ácido, enmohecido», y se empapuza otros cinco hongos similares al primero, luego se acerca a la ventana abierta y enciende un Gauloise para quitarse el sabor.

Cuando, a la media hora, comienzan a parpadear puntos verdes y rosados frente a él, centelleos que se buscan, se vuelve a su mesa de trabajo, espera unos minutos más, luego toma la pluma y escribe: «Visiones coloreadas en aumento – pájaros móviles con alas gigantes de lepidópteros – espectáculo fantástico en azul como las alas de la mariposa morpho. Gran espectáculo zoológico donde desfilan todas las especies».

Entonces Roger Heim se echa a reír sin motivo. Lo invaden unos tremendos ataques de risa. Se calma y logra anotar, muy serio: «Propensión explosiva a la hilaridad – chistes tontos que me hago en voz alta – de repente me da vergüenza, pero me tranquilizo de inmediato al darme cuenta de que estoy solo». Poco a poco se le va acelerando el pulso, su caligrafía se estira en picos y valles hasta convertirse en una especie de electrocardiograma ilegible. Comprendiendo que no podrá escribir más durante un rato, deja la pluma, se seca las gotas de sudor que perlan su calva, se acerca a la ventana y observa las palomas picoteando colillas viejas bajo los grandes robles.

Es allí, frente a las palomas, donde por todo el cuerpo del docto director del museo vuelve la risa, incontrolable, y luego se amplifica, rebota en las mesas, en las paredes blancas del laboratorio, resuena por toda la habitación, pasa por la ventana aún abierta y se propaga de árbol en árbol por todo el Jardín de las Plantas. Bajo los follajes primaverales, los pájaros se alteran entre las piernas de los transeúntes que se giran hacia el museo, desconcertados, luego se sorprenden a sí mismos riendo también, tímidamente al principio, con algo de vergüenza, luego cada vez más fuerte, a carcajadas, con una risa de locos, y pronto todos los animales en el Zoológico del Jardín se convulsionan en una gran hilaridad bestial.

Tras unas semanas de observación, el hongo tiene un nuevo nombre. Un nombre erudito, misterioso, que le va muy bien: *Psilocybe*. Del griego *psilos*, «desnudo, liso», y del griego bizantino *kubê*, «cabeza». Cabeza desnuda. El hongo calvo.

Pero el nombre tiene la ventaja, además, de compartir su primera sílaba con una palabra recién inventada para describir los efectos del LSD: *psicodélico*. De hecho, dan ganas de cambiar de sitio la *l* y la *c* para que las cosas queden más claras y anunciar directamente su poder para poner nuestra psique patas arriba. Después de haberse llamado *teonanácatl*, «carne de los dioses», ahora lo tenemos bautizado con un nombre oculto, un nombre de brujo.

Para ser exactos, Psilocybe no está solo bajo ese nombre: en la familia de los hongos alucinógenos de México, está *Psilocybe aztecorum*, que los aztecas llamaban el «pequeño niño de las aguas»; *Psilocybe merdaria*, que crece donde su nombre indica; *Psilocybe caerulescens*, que los mazatecos llaman «desprendimiento», tanto para describir su terreno favorito como los efectos que produce. Y por encima de todos está *Psilocybe mexicana*, al que allí se refieren siempre con cariño, como a una criatura, un ángel, un santo: son los «angelitos» o los «niños santos» de los mazatecos, de los que los chamanes pueden comer diez o veinte pares por ceremonia.

Su primo hermano, por su parte, será bautizado *Psilocybe wassonii*, porque, como buenos expertos y posesores, es costumbre poner nuestros apellidos en lo que creemos haber descubierto antes que nadie. Darle su nombre de hombre a una seta, como una búsqueda de inmortalidad, como para asegurarse de que una vez que desaparezca el linaje, el nombre siempre estará allí, renaciendo todos los años en la temporada de lluvias.

Después de haber visto París, su Barrio Latino y su Jardín de las Plantas, Psilocybe, que así se llama, llega a Suiza. Más concretamente a Basilea, a los laboratorios Sandoz, donde lo recibe Albert Hofmann, de quien se espera que realice la misma magia que con el cornezuelo del centeno transformado en LSD. Que extraiga la esencia de Psilocybe, que aspire su poder psicoactivo para reproducirlo a voluntad. «*Do your magic*», le dijo su jefe posando una mano en su hombro.

Pero Hofmann primero quiere hacer también su autoexperiencia. Tal como vio a otros hacer, ingiere treinta y dos hongos seguidos, con mucho refresco de limón para tragarlo todo. Se desconoce si la ayudante de laboratorio es la misma que quince años atrás tuvo que llevarlo a casa en bicicleta durante su viaje de LSD. Si es la misma, nos la podemos imaginar ya levantando los ojos al cielo, buscando las llaves de su coche en el bolsillo del abrigo, preparándose para volver a salvar a su superior. No falla: los efectos que describe Hofmann se parecen mucho a los de su experiencia de 1943. Mareos y un gran espectáculo en Technicolor. Lo llevan de vuelta a casa, lo tienden en su sofá, cree disolverse, perder su yo en un torbellino de imágenes (imágenes particularmente mexicanas, escribirá). De hecho, se angustia aún más cuando el médico llega para examinarlo, porque se le antoja un sacerdote azteca que se apresta a arrancarle el corazón.

Al día siguiente, de nuevo fresco como una rosa, Hofmann emprende la síntesis del principio activo. Seca los hongos, los reduce a polvo, el polvo lo vierte en un tubo de ensayo con todo tipo de pociones —reactivo de Keller, carbonato de plata, ácido sulfhídrico—, hasta que por fin aparece, en diminutos cristales, la esencia de Psilocybe, que llevará el nombre de «psilocibina».

Se pone al descubierto el espíritu oculto en el hongo, se desvelan sus secretos, lo desmenuzan, deshacen su pequeño rosario de átomos: doce de carbono, diecisiete de hidrógeno, dos de nitrógeno, cuatro de oxígeno y uno de fósforo. Incluso lo pesan, y es un buen retoño: 284 gramos por mol. Hofmann traza con gis en su pizarrón la fórmula topológica *ad hoc* como quien dibuja los contornos de una nueva tierra.

Última etapa de la alquimia: se aprende a reproducir artificialmente la psilocibina, a hacerla nacer fuera de su entorno, *in vitro*. Ya no es necesario usar hongos, ya no se necesita la envoltura viscosa, la piel verdosa, la carne con sabor a moho: en Sandoz, se practica la transustanciación, se fabrica el espíritu sin el cuerpo. Se registra una patente. Y luego se encierra en miles de frasquitos de cristal teñido de naranja.

Desde Los Ángeles, entramos por la Santa Ana Freeway. El sol en el cenit del verano de 1958 hace brillar el cromado del Ford Galaxy, pero sobrecalienta el habitáculo, ya es hora de llegar. Unos minutos más de carretera y de pronto aparecen a la derecha las torres de un improbable castillo de cuento de hadas que hace chillar a los niños en el asiento de atrás. Si miráramos a la izquierda —pero no, nos tienen demasiado fascinados esas torres de fábula que no se sabe qué hacen ahí—, tal vez veríamos lo que queda de las decenas de hectáreas de naranjal casi totalmente arrasadas tres o cuatro años antes para convertirlas, entre otras cosas, en este estacionamiento que se extiende hasta donde alcanza la vista, este horizonte de asfalto donde ya estacionamos. Olvidamos el ligero vértigo que se siente al cambiar el olor a plástico del Ford por el del asfalto fundido que se pega a las suelas. Pero da igual, porque tenemos en el bolsillo las entradas

—reservadas con varios meses de antelación, y con tarifas reducidas, gracias al comité de empresa de la señora— para THE HAPPIEST PLACE ON EARTH, como promete el inmenso cartel de bienvenida. Da igual, pues, porque ya estamos aquí, a solo unos metros.

En un instante, cruzaremos los pórticos para entrar en Main Street USA, nos haremos una foto con el ratón gigante que nos recibe, comeremos un helado que se derrite demasiado rápido y luego caminaremos hacia el norte del parque, pasando junto al castillo de la Bella Durmiente para llegar a Fantasyland. En la taquilla, una enorme y reluciente seta amarilla, sacaremos más tickets, sellados con una cabeza de gato sonriente. Subiremos a un vagoncito multicolor con la figura de la oruga fumando en su narguile y nos adentraremos en la madriguera del conejo blanco, deambularemos por una sala donde todo está al revés, en un bosque de flores gigantes iluminadas con luz ultravioleta, atravesaremos puertas cada vez más pequeñas, nos cruzaremos en nuestro camino con el gato de Cheshire, el Sombrerero Loco y la Liebre de Marzo. Allí estarán todos. Todos menos Alicia, porque Alicia seremos nosotros. Habremos dado un paso más en la inmersión sensorial. Ya no seremos simples espectadores de cine viendo las aventuras de Alicia, habremos devenido la mismísima Alicia, sus aventuras serán las nuestras.

Entonces, nos entregaremos a la fantasmagoría, dejaremos que los vaivenes del vagón balanceen nuestra cabeza, nos diremos que estamos bien en nuestro país de las maravillas de plástico. Olvidaremos 1958, olvidaremos la recesión, a Nikita Jruschov y la factura del Ford Galaxy. Olvidaremos todo, nos habrán entretenido.

Los Wasson no pierden ocasión para volver a Huautla. Al menos una vez por temporada de lluvias, a veces más, con Allan Richardson, el fotógrafo, y con Roger Heim, del museo, con antropólogos, lingüistas, con todo tipo de gente. Y Huautla creció. Esparcidas por sus laderas, las casas brotan del día a la noche como si fueran setas. La muralla de las montañas, los torrentes de barro, los mantos de niebla, la lluvia incesante, todo eso ya no basta para seguir siendo ignorados por el resto del país.

Las avionetas atraviesan las capas nubosas, a bordo van los Wasson. Aterrizan y despegan con dificultades en la tierra blanda, pero no será así por mucho tiempo: ya se está construyendo el futuro aeródromo para que puedan rodar en seco. La carretera, que los lugareños llaman «la Brecha», partió en dos la montaña para traer las cosas de la llanura, las cosas de la época, la música de las ciudades y el ruido de los motores, algunos ingenieros, policía, un maestro de la capital. En la plaza del mercado, en medio de los costales de azúcar y café, se cruzan caras nuevas cada semana. Al pasar por la escuela se oye a los niños recitar en español sus lecciones de aritmética, de geometría, desgranar los grandes nombres de una historia nacional que no conocen.

Más abajo, en dirección a Veracruz, una gran presa cortó en seco el curso del río Tonto. Cientos de familias se marcharon ante la crecida de las aguas. La electricidad atraviesa los valles chisporroteando a lo largo de cables infinitos. El paisaje milenario cambió.

El tiempo, el viejo tiempo cíclico, se salió de sus goznes. Se acelera. Pasa un avión. Los viejos mazatecos del consejo de ancianos ya no saben qué pensar. Les empiezan a faltar palabras en su lengua para describir lo que tienen ante los ojos. Algunos se quedan mudos hasta su muerte.

También la joven Masha Wasson vuelve en ocasiones a Huautla. A veces en avión con sus padres, pero la mayoría de las veces sola, en sueños. Se duerme en su cama de Manhattan y se despierta agigantada en el lecho del río Tonto, con la cabeza apoyada en la colina, la melena cubriendo toda una pradera, el vestido flotando en la corriente, a sus pies una multitud de mazatecos pequeños como hormigas. Una anciana se acerca a su enorme boca entreabierta, le echa un puñado de hongos, pronuncia unas palabras en un idioma indescifrable y Masha recupera de inmediato su estatura normal. Ahora corre por el sendero montañoso tras la anciana que le muestra la sierra como una gran farmacia al aire libre: ¿Ve usted, querida Masha, este árbol de hojas moradas? Mastique sus raíces y podrá volar como el quetzal. Allá, una charca de agua oscura. Beba de esta agua y vivirá cien años más. ¡Allí, una sola pizca de este polen en los ojos le hará ver los pensamientos sobre las cabezas! ¡Cuidado con esas flores, su perfume provoca ataques de risa a las muchachas!

Y mientras sigue a la anciana indígena, Masha va probándolo todo. Mastica, huele, aspira, devora el paisaje convertido en poción mágica y pasa por mil estados, se transforma sin cesar, y a veces sus recuerdos de México se mezclan con las extrañas historias que leía de pequeña bajo sus sábanas hasta altas horas de la noche. Entonces se cruza con una oruga que fuma o con la sonrisa de un gato encaramado en un aguacatero y la temible Reina de Corazones de repente parece una diosa azteca con una falda de serpientes trenzadas.

De vuelta en su consultorio de Nueva York, Tina transcribe en su Remington las notas que tomó en su cuaderno de México. Sigue el runrún del samovar. Lo que poco a poco aparece bajo las patas de insecto de la máquina de escribir son las primeras pistas sobre un uso terapéutico de la psilocibina. Tina intuye que la molécula podría curar depresiones graves, adicciones a las drogas o al alcohol. Pone en relación sus observaciones, lo que sabe, lo que vio, la composición química, el resurgir de imágenes de la infancia, el efecto inmediato, la ausencia de dependencia. Siente que está ante algo importante. Noches como esa, frente a la Remington; algo hay ahí.

Sin saberlo, compuso sobre su escritorio una vánitas barroca: un pequeño cráneo de terracota traído de la fiesta de los muertos en México, un cigarro que humea en el cenicero, el reloj al que aún no dio cuerda, una taza de té con el borde descascarillado, algunos hongos que ya se pusieron azules al contacto con el aire. *Memento mori*, le susurran.

Cómo quiere a sus cositas María Sabina. Sus hijos santos. Cómo los venera y los cuida. Tuvo hijos, sí, pero son otra cosa. Estos son sus angelitos, sus querubines. Querubines que no necesitan alas para elevarla. Angelitos de cuerpos frágiles. Los recolecta lejos de las casas, lejos de las miradas, donde aún están intactos, donde ningún ojo los profanó. Los recoge enteros, cabeza y pies, con cuidado de no aplastarlos, porque, si no, lloran y protestan.

En Huautla, nadie se pone de acuerdo sobre su origen. Algunos dicen que aparecen donde cayeron gotas de la sangre de Jesús que María no pudo recoger en un frasco. Otros dicen que donde el Señor escupió o donde derramó algo de su semilla sagrada. Cada cual tiene su versión. No importa mientras estén allí, mientras María Sabina esté allí para escucharlos. Los hongos la eligieron. La eligieron para hablarle, o más bien Dios a través de ellos, para curar, para permitirle ver al señor de las montañas o a Benito Juárez. Los quiere tanto que puede pasarse horas escuchándolos. A veces, cree oírlos cantar, como los niños de un coro en misa.

«Soy mujer que llora, soy mujer que silba, soy mujer que truena, soy mujer que retumba, soy mujer espíritu, soy mujer que llora, soy mujer que silba». Esto lo pronuncia en su lengua chasqueante, sin respirar hasta el final. Vuelve a encender una vela, dispersa la nube de incienso que la envuelve como quien ahuyenta una mosca, cierra los ojos unos segundos, luego los abre y sus pupilas son negras, enormes. Una voluta de humo se le enrosca en el brazo, y detrás de él se arremolina toda la noche alrededor de María Sabina, que de repente creció, su cuerpo se agrandó y ocupa ahora casi un tercio de la estancia, la coronilla pronto toca el techo de paja. Después de la primera ráfaga de palabras, el mundo se ha callado por completo. En la habitación, los comensales bajo los efectos de los hongos han suspendido gesto y palabra sin que nadie se lo ordene. Las cabezas oscilan, los labios tiemblan, los intestinos se retuercen, pero las palabras de María Sabina han impuesto el silencio. Ya no se percibe en este instante más que el zumbido de la cinta magnética que pasa entre las dos ruedas de plástico del magnetófono colocado sobre el altar frente a ella, como un objeto votivo más en medio del copal, las plumas y los granos de maíz.

A su lado, Tina divaga. Clava la mirada en la cinta magnética que se va enrollando y silba ligeramente al frotar con el cabezal. Piensa en todas las fricciones que permitieron este instante suspendido, las del aire contra las alas de la avioneta que los trajo hasta aquí, las del aliento de María Sabina en sus cuerdas vocales, las de las manos de Gordon en su espalda para calmar los escalofríos que le provoca el hongo. Recuerda haber leído en algún sitio que la fricción de las mareas sobre la superficie de la Tierra la hace girar cada vez más despacio. Se imagina olas, un tropel de olas que erizan los océanos, masas de agua que se dilatan y se contraen. Tina, perdida en su planetario interior, ve cómo la Tierra atravesada por mareas se va deteniendo poco a poco y luego vaga descentrada entre los astros vecinos, rueda como una bolita hasta chocar con la Luna, esa vieja Luna nuestra que dicen que no tardará en pisar el hombre.

Pero Tina, en pleno baño de Vía Láctea, se ve suavemente atraída de vuelta a tierra firme por una nueva letanía de María Sabina, otra ráfaga de palabras mazatecas cuyo significado desconoce, otra sucesión de consonantes dentales y sibilantes lanzadas a la noche que dicen: «Soy la mujer aerolito, la mujer torbellino, nuestra señora de las alturas, nuestra señora del alumbramiento, soy mujer águila maestra, soy mujer torbellino, mujer torbellino, mujer torbellino». Y mientras María Sabina desgrana por medio de estas palabras sus identidades mágicas una por una, mientras entrega los sésamos para el mundo de los hongos donde, más allá en la noche, deshará los malos hechizos y hablará a los muertos, las ruedas del magnetófono giran, se desliza la cinta magnética donde esas mismas palabras se escriben en diminutas partículas de óxido de hierro.

Más tarde, cuando la noche toque a su fin, cuando la cinta deje de enrollarse, Tina y Gordon volverán a marcharse por los aires. Regresarán con las palabras de la chamana transformadas en microsurcos sobre un gran disco negro y brillante que al principio ella tomará por obsidiana. En otra máquina, se hará girar el disco y María Sabina oirá su propia voz por primera vez. Como le sucede a todo el mundo, no acabará de reconocerse. Le parecerá curioso, quizá. O temblará porque un poco de su lenguaje nocturno se quedó allí grabado en espiral sobre ese disco donde se refleja como un espejo negro.

María Sabina no tenía ni seis años cuando a su padre lo transformaron en pavo por quemar el campo de su vecino. Eso es lo que le cuenta una noche a Tina Wasson. Las dos mujeres están sentadas en el suelo, cara a cara, comparten un cigarro y sus infancias. Es la primera vez, y probablemente la última, que hablan de verdad. Gordon se fue a recolectar hierbas en la sierra, o tal vez a hacer negocios en Wall Street. En cualquier caso, no está allí. Junto a ellas, una joven del barrio traduce del mazateco al español, del español al mazateco, despacio, frase por frase, de modo que las historias de una llegan a la otra por fragmentos y se estiran en el tiempo, duran hasta la puesta de sol, cosa que no desagrada a Tina, acostumbrada desde pequeña a los cuentos interminables de las abuelas rusas.

Puedo contarle la historia de mi padre, dice María Sabina, aunque es una historia que en las altas tierras mazatecas no tiene nada de sorprendente. Aquí va. Mi padre, Crisanto Feliciano, sale del pueblo para ocuparse de su maizal. Como está seco, decide quemar todas las malas hierbas que amontonó en un rincón.

El fuego prende rápidamente. Para su desgracia, se levanta un viento del oeste que empuja el fuego hacia el campo del vecino. Antes de que a mi padre le dé tiempo a reaccionar ya están ardiendo las primeras mazorcas. La mitad del campo se quema. Logra apagar las llamas, pero es demasiado tarde. Despertó la ira del señor de las tormentas, que planea sobre el valle y protege el maíz. Y que, sobre todo, detesta a los incendiarios, aunque se trate de un accidente. El señor de las tormentas repite a quien pueda escucharlo que él es el único autorizado para encender fuego, de vez en cuando, con el rayo, pero nunca en un maizal. Así que asoma la cabeza de entre las montañas, hincha sus mejillas y sopla directamente al oído de mi padre su maldición, que solo él oye.

Maldito seas, pobre Crisanto, le dice, supongo, el señor de las tormentas. Quemaste los maíces en flor, las flores que dan las mazorcas que dan los granos que nos brindan la masa de la que están hechos los hombres. Ennegreciste el cielo para nada. Te maldigo y en pavo te convierto, como te corresponde. De ahora en adelante, comerás lo que caiga al suelo, hablarás a graznidos, tu culpa hará que nazcan mil pliegues y mil verrugas en tu cuello. En adelante eres el pavo que vaga solo.

Mi padre vuelve al pueblo muerto de pena. No le dice nada a nadie. En pocos días se le vuelve correoso y flácido el cuello, se le cubre de pústulas. Consciente de que la maldición se apodera de su cuerpo, permanece acostado día y noche, escondiendo bajo las sábanas su cuello cada vez más rojo y pustuloso. Una mañana, no es mi padre lo que encontramos al pie de la cama, sino un gran pavo. Nos mira un largo rato, de lado, a mi madre, a mi hermana y a mí, con sus ojos inexpresivos de pavo. Luego gira bruscamente la cabeza hacia la puerta, balanceando los pliegues verrugosos de su cuello rojo brillante. Sale de la casa y deja el pueblo en dirección al lugar del incendio para no volver jamás.

Cuando la intérprete termina de traducir, cuando el silencio se instala, María Sabina aplasta su cigarro en el cenicero, deja que se disipe su primera historia junto con el humo, carraspea y continúa:

¿Oyó alguna vez el ruido de los gusanos de seda al comer hojas de morera, señora Wasson? Es un ruido difícil de imaginar, y sin embargo es el ruido de mi infancia. Cuando desapareció Crisanto Feliciano, mi padre, seguí creciendo, lo mismo que mi hermana, en una casa demasiado pequeña, la de mis abuelos. Mi madre, María Concepción, ya no podía criarnos sola. En esa casa, mis abuelos criaban, además de a nosotras, gusanos de seda. De aquella época que pasé con ellos solo recuerdo el ruido de los gusanos de seda comiendo sus hojas de morera de la mañana a la noche. Mi hermana Ana y yo nos pasábamos las horas escuchando la masticación, mirándolos tejer sus capullos, sembrando maíz, contemplando los aguaceros hasta septiembre y deshaciendo los capullos.

Y un día conocí a los niños santos, las cositas. El sabio Baltazar llegó al pueblo con un paquete en las manos envuelto en hojas de plátano. Venía a curar al tío Emilio Cristino, que padecía del estómago y ya no podía levantarse de la cama. Baltazar, al acercarse al enfermo, desplegó las hojas de plátano. Allí estaban las cositas. Recordé que mis abuelos me habían hablado de ellas con el mayor respeto. Con cariño incluso, como de niños a los que se venera y adora, niños más viejos que todos nosotros, más venerables que los propios antepasados.

Al caer la noche, Baltazar reunió a algunas personas en la casa de Emilio y distribuyó las cositas por pares, enfermo incluido, y se guardó también dos para él. Yo no tuve derecho, era demasiado pequeña, pero me dejaron mirar, sentada en mi estera en un rincón de la estancia. Entonces, Baltazar, Emilio, su esposa, todos empezaron a masticar lo que les habían dado. No veía muy bien. Cinco o seis velas iluminaban la habitación, cavaban sombras en los rostros, proyectaban contra las paredes figuras gigantes. El copal ardía en un cuenco, como tiene que ser, y el humo me mareaba. Poco a poco, las sombras sobre los rostros se estiraron en muecas, las frentes se cubrieron de arrugas, las bocas se abrieron, los ojos y las manos formaron todo tipo de expresiones como las de los santos y los demonios pintados en las paredes de la iglesia. Emilio el enfermo miraba el techo frunciendo el ceño como san Sebastián, pero Baltazar tenía la mirada serena como el buen san Pedro.

Después de masticar largo rato, se levantó y comenzó a hablar, a hablar sin parar, en un idioma extraño, muy hermoso, sobre la noche y sobre nadar, sobre tormentas, sobre estrellas, sobre Dios y el agua, sobre Emilio el enfermo, sobre un montón de animales y otras muchas cosas. Baltazar desgranaba sus palabras cantando, así que cerré los ojos, la noche me llamaba. Luego interrumpió la melodía, comenzó a proyectar palabritas frente a él como puñales, a golpearse el pecho con los puños y a zapatear en el suelo mientras manipulaba las semillas de cacao y las plumas de guacamaya sobre el copal incandescente. Después de un par de tragos de aguardiente, se calmó. A ratos, girado hacia la pared blanca, parecía plantarse ante la noche e interrogarla. Le hacía preguntas sobre Emilio, sobre su estómago enfermo. Asistí a todo esto hasta muy entrada la noche, entre el humo y los cantos. No tenía miedo.

Pasada la medianoche, Baltazar apagó las velas con el extremo de un gladiolo que había sacado de un jarrón. Las apagó todas menos una, que plantó en el suelo en medio de la estancia, y comenzó a bailar alrededor de la llama. Un baile tan extraño como su lengua, que no se parecía en nada a las danzas que se bailan de día, como en las fiestas de la Guelaguetza en Oaxaca. Baltazar se cruzaba en su camino con todo tipo de compañeros, humanos o no. Tal vez se cruzó con mi padre convertido en pavo, o con el señor de la montaña, o tal vez con el difunto presidente Benito Juárez. A su alrededor, los invitados se habían tendido. Algunos hablaban como a sus hijos, otros gemían o se reían. Uno de ellos se incorporó y me miró durante unos segundos. Sus pupilas eran como las de un gato a oscuras. Es lo último que vi antes de quedarme dormida. Al día siguiente, el tío Emilio se levantó de la cama. Dos semanas después se había curado.

Más tarde yo también probé las cositas. Una vez a escondidas, con mi hermana. Y una segunda porque me habían hecho olvidar el hambre. Siempre teníamos hambre. Y otra para ver de nuevo lo que había visto. Entonces supe que estaba hecha para eso, para hablar con Dios gracias a las cositas, en el mismo idioma que el viejo Baltazar. Para que a través de mí hablen y curen y den noticias de los ausentes.

Podría contarle muchas más cosas, señora Wasson. Cómo me convertí en María Sabina la de las mil arrugas, a fuerza de cavar la tierra; María Sabina la viuda doble; cómo la enfermedad del viento se llevó a mi primer marido, Serapio; el machete a mi segundo marido, Marcial; cómo atravesó el cuchillo el corazón de mi hijo; cómo al final me convertí en María Sabina, la madre de los niños santos, la esposa de las cositas. Sé que usted entendería lo que me une a ellas mejor que su esposo, el señor Wasson, porque usted cree en las cositas, usted las recogió en los bosques de su infancia, conoce su poder, no olvidó las historias que le contaron sobre ellas. Sé también que, al igual que yo, usted cura cuerpos y almas. Podría contarle muchas cosas, pero es tarde. Así que, con su permiso, voy a callarme y a dormir.

Evidentemente, todas esas expediciones de los Wasson salen caras. Pero Gordon sabe mover los hilos, conectar los cables telefónicos adecuados para obtener dólares y privilegios. Estamos hablando de Wasson el industrioso, el que mueve cielo y tierra por sus hongos. Por medio de su amigo el director del Banco Nacional de México consigue que le presten un avión, coches. Gracias a sus contactos en Washington, los extraños paquetes llenos de hongos que le envían desde México llegan rápidamente, sin que los intercepten en la aduana.

Si su jefe es tan benevolente con sus aventuras micológicas no es por simple curiosidad por el reino de los *fungi* —los caminos de las finanzas no son tan inescrutables—, sino también porque Wasson usó su pluma de antiguo periodista para salvar la reputación de la familia. Unos años antes escribió *The Hall Carbine Affair*, un ensayo histórico en el que lavaba la imagen de John Pierpont Morgan Sr. —el malvado padre de nariz podrida—, acusado de obtener beneficios fraudulentos por la venta de armas durante la guerra de Secesión.

Se cuenta, en efecto, que John Pierpont Morgan habría obtenido un beneficio exorbitante por la reventa de carabinas al Gobierno de Estados Unidos para el Ejército de la Unión. Carabinas obsoletas, para colmo, con una engorrosa tendencia a explotar entre los dedos del soldado. Una plusvalía a costa del Gobierno, de la nación en armas, tan desmesurada, por lo visto, que habría permitido el inicio de su carrera bancaria. He aquí el motivo del escándalo. Por lo tanto, le pidieron a Wasson que interviniera, desactivara las pruebas y borrara meticulosamente las manchas de sangre del blasón del patriarca banquero, cosa que hizo con tanto brío que le prometieron no buscarle problemas con sus historias sobre psicotrópicos, y también, tal vez, invitarlo todos los años a la codiciada cena de Acción de Gracias de la familia Morgan.

La carta de invitación, por cierto, en elegante papel con bordes plateados, está sobre la mesita de café de Gordon y Tina, donde se acumula el correo. Cartas de los grandes de este mundo (los Morgan, el director de Harvard o el del Museo de París), pero también de anónimos (etnólogos en ciernes, lectores de *Life*, admiradores exaltados).

El culmen de la gloria llega para los Wasson cuando, sobre la pila de correos, aterriza un recorte de prensa enviado desde Francia: un artículo de Claude Lévi-Strauss en *L'Express* donde ensalza el trabajo de la pareja. El etnólogo, muy entusiasmado con la teoría de los micófobos y los micófilos, propone llevar la línea divisoria un poco más allá, incluso: ¿no es asombroso pensar que las naciones micofóbicas *grosso modo* son las que reúne el Pacto Atlántico, mientras que las más micófilas están todas en el Bloque del Este? En resumen, ¿no podríamos entender los conflictos geopolíticos del mundo bipolar a la luz del gusto o el disgusto por los *fungi*?

Pero el año 1958 es pérfido y, tras los laureles, trae la tristeza. Tina muere de cáncer el 31 de diciembre. Lamentablemente, no hay ningún hongo que lleve su nombre de soltera. No existe el *Psilocybe pavlovna*.

El resto del invierno es interminable. Gordon y Masha arrastran su pena por las calles heladas de Manhattan. Tan pronto como puede bajar de su torre gris, donde se decide el destino de las economías internacionales, Gordon se reúne con su hija en la biblioteca para preparar artículos sobre el *Psilocybe mexicana* o «salvia de los adivinos», y Masha, frente a él, se deja los ojos en una lista de nombres de moléculas para preparar su examen de enfermería. El conocimiento los hace entrar en calor.

Cuando finalmente llega la primavera de 1959, cinco hongos excepcionales aparecieron en Central Park. Frente a la Quinta Avenida, no lejos del Museo Metropolitano, muy cerca —quién sabe— de donde Gordon y Tina se conocieron treinta años atrás, los transeúntes descubren cinco enormes hongos de bronce. En el centro, sobre el más grande de ellos, una estatua de Alicia sentada, acompañada por el Conejo Blanco, el Gato de Cheshire y el Sombrerero Loco.

Aquí, una elipsis. Pasan algunos meses, representados en la pantalla por la caída de las hojas de un calendario en el departamento de los Wasson, el pelo de Gordon que se vuelve canoso, una flor que se marchita en su jarrón, los hongos de la sierra que crecen, se hunden y vuelven a crecer, una arruga más en la frente de María Sabina.

La década termina y el tiempo se acelera. Todo gira un poco más rápido, las agujas de los relojes, los diales de los teléfonos, las palas de los helicópteros, el huracán Donna que gira sobre la costa este y los niños con patines sobre ruedas alrededor de la estatua de Alicia.

Gira y gira, hasta el punto de que parece que los propios planetas se apuran un poco más, los planetas, los cometas, los asteroides y sobre todo las hordas de satélites que se envían a orbitar alrededor de la Tierra. Sputnik 1, 2, Explorer 1, 2, 3, Sputnik 3, Explorer 4,

Pioneer, y así sucesivamente hasta Sputnik 5, a bordo del cual los hongos —entre otros organismos: perros, ratones, plantas, microbios— dan dieciocho vueltas alrededor de nuestro planeta antes de regresar sanos y salvos.

Fin de la elipsis, estamos en los años sesenta.

Más abajo de la atmósfera, una nube de psilocibina flota sobre el Atlántico. Cruza de este a oeste. Los mil frasquitos naranjas llegan a Estados Unidos, destinados a las reservas de la CIA, a la sucursal de Sandoz en Nueva Jersey y a los laboratorios universitarios. La nueva poción mágica llega a una tierra de aprendices de brujo. Poción legal, además (por ahora). Entre estos aprendices de brujo, dos psicólogos clínicos de Harvard, Timothy Leary y Richard Alpert. Como muchos otros, descubren la existencia del hongo gracias al artículo de Gordon Wasson en *Life*, y lanzan el Harvard Psilocybin Project. Comienzan probando la psilocibina en prisioneros de una cárcel de alta seguridad en Massachusetts, para evaluar los efectos a largo plazo sobre los comportamientos criminales y las reincidencias. Más tarde, les toca el turno de probar la preciosa sangre del hongo a los alumnos de Teología en la Marsh Chapel de la Universidad de Boston durante el Viernes Santo de 1962. Tras la extraña escena eucarística que podemos imaginarnos —cada cual vertiendo en el cáliz las pocas gotas del frasco naranja que le corresponden—, se dice que, en la parte baja del vitral donde Jesús abre ampliamente sus brazos, varios de ellos creyeron elevarse hacia él, oír las voces de los arcángeles o incluso disolverse en la materia divina. También se cuenta que fue necesario inyectarle a uno de ellos una buena dosis de antipsicótico para que dejara de correr por todo el campus proclamando el regreso del Mesías.

Es la hora del reparto general. Después de los presos y de los teólogos les toca disfrutar de un *trip* a las arañas. En el laboratorio de criptogamia del Museo de Historia Natural de París se les administra una generosa gota de psilocibina a algunos individuos de la especie *Araneus diadematus*, simpática habitante de nuestros jardines. Están ansiosos por ver cómo tejen sus telas, esperan formas extraordinarias, catedrales de hilos entrelazados, ya imaginan los fractales al estilo de la col romanesco. Pero no, el resultado es un poco deslucido. Si *Araneus diadematus* está en pleno viaje psicodélico, no se molesta en demostrarlo de forma brillante a través de su arte del hilo ante los diez científicos ávidos que la observan con lupa. Más bien, duda un poco más de lo habitual sobre su tela, falla en algunos puntos, deja huecos, se detiene en medio de una espiral. Un trabajo mediocre. Después de lo cual, tambaleante, se va a descansar en un rincón de su tela. Rechaza incluso la apetecible presa que le lanzan sobre el hilo pegajoso para probar su habilidad de caza bajo los efectos de la psilocibina. Desolador. Tanto que, a las seis de la tarde, los criptogamistas, abandonando a la araña en su indescriptible éxtasis, cierran la puerta del laboratorio y se van a ahogar su melancolía en un vaso de vino tinto en el bar de la calle Poliveau.

Pronto, las cosas se descontrolan. Los profesores Leary y Alpert organizan experimentos colectivos a gran escala con alumnos voluntarios. Dos de ellos terminan en el hospital. El experimento traspasa los límites del laboratorio. Enseguida, en los parques del campus, bajo los grandes sicómoros, se organizan noches memorables bajo los efectos del LSD o el «psilo», más fáciles de conseguir que el peyote o la mescalina, ambos ilegales. También se sospecha que Leary y Alpert se guardan dosis para su uso personal. La prensa local se lleva las manos a la cabeza. La Food & Drug Administration abre una investigación y despiden a Alpert. Leary queda fuera del proyecto poco después. No tardará en pronunciar su famosa consigna para la juventud: *Turn on, tune in, drop out* (conecta, sintoniza, abandona).

Al otro lado de la frontera, México, que se escribe con la *x* de éxtasis y experiencia, la *x* de exceso. La *x* de lo prohibido. México, patio de juegos de la Europa aburrida, de un Estados Unidos encorsetado. México, tierra hospitalaria para exploradores, fugitivos, almas perdidas e iluminados. México, donde uno va a quemarse los ojos y las alas, donde las cabezas quemadas se reúnen en comunión.

Allá arriba, en lo alto de las montañas del noroeste, un tal Antonin Artaud fue a encontrarse con los tarahumaras e iniciarse en los ritos del peyote. En Cuernavaca encontramos al cónsul británico de *Bajo el volcán*, ahogado en mezcal y tequila —igual que su autor, Malcolm Lowry, en Oaxaca—, o incluso William Burroughs, deambulando bajo los efectos de alguna sustancia por las oscuras calles de la Colonia Roma.

Cuando las cosas se les complican en Harvard, Leary y Alpert también escogen el otro lado de la frontera para huir. En concreto, el hotel Catalina, en una playa de la costa pacífica, cerca de Acapulco. Allí fundan un centro de formación psicodélica bajo el auspicio de su asociación, la International Federation for Internal Freedom. Un tipo de turistas muy particular, que prefieren unas gotas de LSD o psilocibina a los tequila sunrise, que solo hacen excursiones al interior de sí mismos y que no tienen otra guía que el *Libro tibetano de los muertos*. Pero las autoridades mexicanas no tardan en presentarse en el hotel Catalina, cierran el centro y se llevan en avión y a la fuerza a la pequeña comunidad de psiconautas hasta México.

A partir de ahora es en el sur del país, en la sierra mazateca, donde empiezan a agitarse las cosas.

Les bastó con una risa para anunciarse. Una carcajada a varias voces, de mujeres y hombres, surgida de la jungla, desgarrando el silencio de la madrugada. Un halcón se alza por encima de los árboles y, por un momento, parece que la montaña vibre, miles de gotas de lluvia se desvían imperceptiblemente antes de reanudar su caída vertical.

Más abajo, en la colina de María Sabina, los perros en los umbrales de las casas levantan el hocico, aguzan el oído. Las viejas del barrio se sobresaltan. Leonora se atraganta con su café, Petrona se pincha con la aguja de remendar. Es que no están acostumbradas a oír esas risas en la sierra. No es una risa mazateca, no. Una risa cantarina, a pleno pulmón, espectacular. Una risa como un *riff* de guitarra eléctrica.

María Sabina, en cambio, no se inmuta. Desde la cama abre un ojo, lo vuelve a cerrar. Lleva toda la noche velando sus cositas. Recién acostada, se pregunta quién interrumpe su sueño. No reconoce la voz de Gordon Wasson. Sin embargo, cree haber oído una risa parecida, quizá en algún sueño. Las voces de los que ríen se acercan, y Sabina reconoce su idioma. Un inglés rápido, estrafalario —piensa—, masticado y remasticado, nada que ver con la lengua serena y comedida de los Wasson.

Finalmente se levanta y, como sus vecinas en ese mismo instante, entreabre la puerta. Entonces, seguramente incluso María Sabina la extralúcida, incluso María Sabina que ha visto de todo, allá arriba y aquí abajo, abre los ojos un poco más al paso de la extraña comitiva que sale de la selva esa mañana.

Son cinco. Tres hombres, dos mujeres, muy jóvenes, vestidos con ropajes de otro mundo. Más que güeros, parecen una delegación de habitantes de la Luna, y los ojos redondos de las viejas mazatecas del barrio giran en sus órbitas sin saber por dónde empezar a medir la extrañeza del espectáculo. Ven los pantalones anchos y las botas llenas de barro, las camisas y los vestidos más coloridos que sus huipiles ceremoniales, las joyas que tintinean al viento de la mañana; ven el pelo de los hombres, largo como el de las mujeres. Ven a uno que, con su piel de oveja sobre los hombros, parece san Juan Bautista salido de su cueva, pero un san Juan Bautista coqueto, con un sombrero de ala ancha coronado por una larga pluma verde de quetzal. Reconocen los ojos redondos, la piel clara de los güeros, salvo uno que tiene la piel negra como nunca se vio aquí.

Ahí están, saliendo del bosque donde pasaron la noche, aunque nadie los vio llegar. Ahora avanzan entre las casas sin saber que los observan por todos lados, chillando y armando barullo mientras se dirigen al centro. En el magma de inglés y risas, las ancianitas no distinguen ni una sílaba familiar, claro, salvo María Sabina, que está segura de haber oído pronunciar esa palabra tantas veces repetida por Wasson antes: *mushrooms*.

Los pierde de vista. No los ve llegar a la plaza del mercado como una *troupe* de saltimbanquis de otra época, provocando a su paso una ligera conmoción: bajo los sombreros, las cabezas somnolientas se enderezan, los cuellos se estiran para mirarlos mejor, se señalan con el dedo o con la barbilla, sueltan risitas, fruncen el ceño. Unos pocos niños, creyendo que comenzó el carnaval, los siguen meneándose, se ponen plumas en la cabeza, los imitan en un inglés inventado, hasta que se ganan una reprimenda de su madre.

María Sabina tampoco oye a los recién llegados saludar a los vendedores de ojos huidizos, preguntarles si saben dónde vive una tal Eva Méndez, sacar luego de un bolsillo un trozo de papel doblado en ocho y desdoblarlo pacientemente para mostrar la imagen contrastada de un rostro de perfil. María Sabina no ve su cara impresa en color en un papel de periódico que mancha un poco los dedos. Seguramente no obtienen resultados a la primera, al principio se encuentran con gente de fuera a quienes el rostro no les dice nada, o que no dicen nada, por no comprender las palabras que pronuncian en un español vacilante esos extraños gringos multicolores, de modo que sacuden la cabeza sin abrir la boca. Hasta que la foto pase entre manos menos ariscas, hasta que alguien les diga que sí, claro, que ella sigue viviendo aquí, que no se llama Eva Méndez, sino María Sabina García, que estará durmiendo, vista la hora que es, que trabajó toda la noche. La encontrarán ustedes en lo alto de esa colina, de donde vienen, la tercera casa a la derecha después de la cruz blanca.

Ya los tenemos aquí. Los güeros de las melenas. Los «hippies», como se dirá pronto, con la *h* aspirada. Ese día, alrededor de 1962, llaman a la puerta entreabierta de la casa de María Sabina. Vinieron a ver, dicen. Ver más allá, con su ayuda, con la ayuda de sus cositas. Para abrir el ojo bueno, es decir: el tercero. Para forzar las puertas de la percepción, para hablar con Dios o con sus muertos, para saber finalmente qué pintar, qué escribir, qué cantar. Tienen un montón de razones imperiosas para haber recorrido ese largo camino hasta aquí, hasta este pequeño umbral de piedra y esta puerta entreabierta. Ella, desde adentro, se toma su tiempo para observarlos más de cerca esta vez, para examinar cada detalle de esos extravagantes sujetos, sus cuerpos delgados, sus rostros de niños grandes marcados por el viaje, y lentamente, sin decir palabra, abre la puerta y los deja entrar.

Entonces, esa noche se consulta el hongo a la manera antigua, antediluviana, la única manera conocida en tierras mazatecas, pero en esta ocasión para gente muy nueva, ultramoderna, unos gringos de un tipo diferente a los Wasson. Esa noche, Psilocybe, ancestro inmemorial, se encuentra con los hijos del siglo.

Noche inaugural en la que Huautla se convierte en lugar de peregrinaje, punto de encuentro sudamericano en el *hippie trail*, antes de partir hacia Irán o Katmandú. En las semanas y meses que siguen a esa noche, los melenudos llegan por decenas, al inicio de la temporada de lluvias, cuando en sus países los profesores o los jefes los sueltan para las vacaciones de verano. En casa de María Sabina, pasan horas acostados en un rincón de la estancia, esperando la próxima vigilia; hablan entre ellos en voz baja, fuman ese «tabaco que embriaga», como dice Sabina. A las viejas del barrio, que ven todo esto con malos ojos, les dice que pasará, que algún día se irán, que es como tener en casa unos pajarracos convalecientes que vinieron a curarse de quién sabe qué. María Sabina dice que hay que acogerlos, que vienen de tan lejos, que hacen trayectos tan largos para llegar hasta ella, toman el avión, el tren, viajan por caminos negros a través del desierto, suben a camiones que se hunden en el barro, esperan días y noches hasta que alguien los lleva hasta la cima de la sierra. Vienen del otro lado de la frontera norte o incluso del Atlántico. Muchos son mexicanos, claro, pero de la capital o del norte, así que están como los demás, en un país desconocido. Ella los recibe como una abuela, con café y tamales. Al caer la noche, comen sus cositas, que ella recolecta todos los días con sus hijas.

Al amanecer, cuando llega la hora de marcharse, algunos le tienden dinero que ella rechaza, o solo acepta en parte, solo algunos billetes para cubrir los gastos de la ceremonia, algunos pesos para el copal, las flores, el cacao comprado en el mercado, pero nada para sus cositas, que son sagradas y por lo tanto no se compran, que se marchitarían en el mismo instante de ponerles precio. También se niega a que le paguen por su oficio, por esas noches de acrobacias sin red en el más allá, de negociaciones con Dios y los santos, por esas noches de canto profundo que, por la mañana, la dejan exangüe.

Se niega hasta que llega un día en que acepta. Hasta ese minuto, anodino y fatal, ese instante tan fugaz que casi pasa desapercibido, en el que María Sabina deja de rechazar el dinero ofrecido, cerrando los ojos ante su mano cerrándose sobre un paquete gris polvoriento —doscientos o trescientos pesos: una nimiedad en otro sitio, aquí una fortuna—, un paquete bien enrollado, compacto, escondido en el forro de una de sus faldas. Trescientos pesos la noche, le ofrecen ese día, por cuatro o cinco sesiones seguidas en el hotel de doña Rosaura, frente a un grupo de güeros más numeroso que de costumbre, unos quince, o tal vez más, según lo que vaya llegando; y a ese precio, la noche tendrá que valer la pena, ¿verdad, Sabi?; que las visiones estén a la orden del día, prever la recolección en consecuencia, levantarse temprano, con el bulto pesado del fajo sobre la cadera, con esa fortuna de papel que no pasó desapercibida a las viejas del barrio.

Los melenudos son parlanchines, le hablan mucho, en un revoltijo, una mezcla de inglés californiano, chapurreo español y peor mazateco aún, con gesticulaciones diversas, toda una pantomima que da por hecho que María Sabina entenderá algo.

Incluso le hablan algunas noches mientras duerme, cuando cerró el tenderete. Llaman a la puerta de sus sueños y le hablan al unísono. Entonces, en esas noches, desde lo más profundo de su sueño, por fin comprende sus lenguas sin haberlas aprendido.

—Ábrenos, María Sabina. Ya es de noche.

—Abuelita Sabinita, déjanos entrar.

—Haznos ver tus *little things*.

—Ayúdanos a encontrar a los niños santos.

—Abuelita, danos de nuevo tus caramelos cósmicos.

—Tus bolitas amargas.

—Tus duendes del sotobosque.

—La carne de tu país de barro. La carne de tus dioses.

—Prometemos portarnos bien.

—Acabarnos la comida.

—Hacernos pequeños.

—Nuestras cabezas tienen hambre, abuelita Sabina.

—*Feed your head*, como dice la canción.

—*White Rabbit*, de Jefferson Airplane, ¿la conoces?

—*One pill makes you larger*.

—Una pastilla te agranda.

—*And one pill makes you small.*

—Y otra te encoge.

—Y al final dice: *feed your head.*

—Alimenta tu cabeza.

—*Please*, María Sabina, *feed our heads.*

—El sol se puso, Sabinita. La magia está funcionando. La metamorfosis. Tú, que de día rascas la tierra y tiemblas; tú, sobre quien cae la lluvia; tú, que de día solo eres la pequeña María Sabina, la viejita Sabina de mil arrugas, la vieja Sabi de espalda encorvada, velando entre sus cuatro paredes y sus ocho metros cuadrados; tú, María Sabina, de noche eres reina en tu reino. El cielo se oscurece y, por la gracia del Psilocybe, tus paredes y tu techo se apartan, tu dominio se despliega. Las gotas caídas del techo de paja sobre tu cabeza forman una corona de diamantes. Tu huipil se convierte en un manto de armiño. Mientras el hongo, poco a poco, añade los rosetones a tu catedral, el oro a tu palacio, los espejos infinitos a tus salones de recibir; mientras el Psilocybe se convierte en arquitecto barroco, tú te paseas por allí como soberana y cantas. Cantas para declinar tus títulos de nobleza, los poderes que te son conferidos. Por lo cual, cada noche, harás entrar a tus súbditos y los harás sentar a tu lado, repartirás los hongos y curarás sus heridas; tú, la reina taumaturga. Cantas para recorrer tu imperio y hacerlo girar. Ábreme, oh, reina Sabina, es a ti a quien vengo a ver. He cantado tus alabanzas por todo mi país. Ábreme, estoy delante de tu puerta y me hinco de rodillas. Tengo el pelo sucio y las botas llenas de tierra, pero mi fidelidad es inquebrantable. Es a ti a quien vengo a ver. La última bruja en todo su esplendor. La reina de la noche. Mañana por la mañana, de nuevo serás reina de nada en tu reino de barro, pero yo ya me habré ido.

—Aquí tus nietos florecidos, ¿nos recibes?

—Aquí tus descendientes adoptivos. Aquellos que no viste llegar. *Do you copy?*

—No mazatecos, más bien mestizos.

—*Your great grandchildren.*

—Un poco molestos.

—Un poco revoltosos, pero no por dar guerra.

—Ruidosos pero musicales.

—Mugrientos pero coloridos.

—Perfumados de hierba.

—Pobres pero cubiertos de joyas.

—¿Sabes de dónde venimos, por lo menos? Venimos de un país fuerte.

—De un país orgulloso.

—De un país en guerra. No pensamos ir a hacer la guerra.

—No estamos orgullosos.

—No somos nuestros padres.

—Huimos de nuestros padres.

—Estamos en guerra contra ellos.

—Nos dijeron que estuviéramos orgullosos.

—Me dijeron: Sé una buena esposa.

—Sé un buen hijo.

—Sé útil a tu país, útil a la patria. Sé el hijo de tu padre. Sé ingeniero o militar.

—Enorgullécete de tu nombre. Eres Sullivan, hijo de Sullivan y Williams, nacido en Austin, Texas.

—Eres Acosta Torres, hijo de Gómez Acosta y Torres Clark, de Mexicali, Baja California.

—Eres Johnson, hija de Johnson, de Staten Island.

—Eres Reynolds, hija de Reynolds y Hawkins, de Filadelfia; nieta de Freeman, de Louisville, Kentucky; esposa de Johnson, de Staten Island.

—Pero no somos nada de eso. Ya no respondemos a esos nombres. El hongo nos lo dijo. Leary nos lo dijo: *drop out*. Renuncia. Suéltate. Desbautízate.

—Quítate la máscara.

—Con el psilo, tu nombre es nadie.

—Con el psilo, eres una semilla saliendo de su vaina.

—El hongo te despoja. Te pela.

—Te quita todos tus oropeles.

—¿Patronímico, nombre de pila, apellido de soltera?

—No se declara.

—¿Nacionalidad, títulos, profesión, estado civil?

—No se declara.

—¿Carnet de estudiante, número de matrícula?

—Olvidados.

—Nos salimos del redil.

—Número cero.

—*I'm not a number! I'm a free man!*

—Vinimos a conocernos y a desconocernos.

—A consultar tu espejo mágico, Sabinita.

—No el que nos refleja, sino el que atravesamos.

—Ahora es noche negra.

—Casi por completo. Sin estrellas.

—Solo la luna, a veces entre dos nubes.

—Escucha. Ahora canta.

—Ábrenos, Sabina.

—Llegamos demasiado tarde. Está cantando.

—El telón se levantó. Sabina no acepta a los rezagados.

—La fantasmagoría comenzó. Ya no abrirá la puerta.

—No hay sombras chinescas para esta noche.

—Solo queda mirar la luna.

—Este cuarto creciente no es como el de casa, ¿se fijaron?

—La posición es otra, en forma de sonrisa.

—Este país nos sonríe.

—Y la Pirámide de la Luna en Teotihuacán, ¿la vieron?

—Más hermosa aún que la del Sol.

—La Luna, María Sabina, ¿sabes que pronto los hombres de mi país van a poner un pie ahí? No se habla de otra cosa. La conquista espacial. No saben que los verdaderos exploradores somos nosotros. Que vamos a un lugar mil veces más lejos que la Luna. Que es hora de explorar lo remoto interior. El viaje astral. No saben que he cruzado los desiertos de plata de Plutón, remontado ríos subterráneos sobre Betelgeuse. Que he visto naves de guerra ardiendo desde el hombro de Orión. Me zambullí de cabeza la primera en los agujeros negros, acaricié con la punta de los dedos las nebulosas. Las verdaderas misiones no salen de cabo Cañaveral, sino de Huautla de Jiménez. Tú, María Sabina, eres nuestra piloto.

—Nuestra sacerdotisa, más que nada.

—Necesitábamos un ritual.

—Ya no teníamos ritos.

—Como no fueran la misa, el ejército o el matrimonio.

—Que ya no nos interesan.

—Necesitábamos otros ritos, y grandes espacios.

—Las ciudades no están hechas para los *trips*.

—No es lugar para el *freak-out*.

—Espacios cuadriculados, vigilados.

—Nuestros padres no nos quitan el ojo de encima.

—Los *cops* igual.

—La Guardia Civil.

—Los *bobbies*.

—La Policía Federal.

—Sí que teníamos parques, campus.

—El Golden Gate Park.

—Los jardines flotantes de Xochimilco.

—Pero no era suficiente.

—Los parques estaban cercados.

—La experiencia era sintética.

—En pastillas, en papel secante.

—A todo eso le faltaban raíces. Como a nosotros.

—A todo eso le faltaba maná.

—Así que salimos de las ciudades.

—Hacia las Rocosas, Colorado.

—En las Catskill, Woodstock.

—Hacia las islas. Ibiza. La isla de Wight.

—A la jungla, por la ayahuasca.

—Hacia el norte, por el peyote.

—Hacia el sur, por el psilo.

—Aquí los ácidos brotan directamente del suelo.

—Aquí no los compramos, los cosechamos.

—Aquí tenemos el misterio.

—El misterio y la mística. La oficiante.

—María Sabina y sus cositas.

—Las únicas hostias que queremos comer.

—María Sabina y su voz surgida del fondo de los tiempos. Yo he venido a viajar en el tiempo, ver y escuchar el mundo de antes. De antes de la conquista. De antes de la espada y la cruz, antes de las barbas de los españoles. Una escena que no cambió en siglos. «*The age-old rituals*», como escribe Wasson. Una voz prehistórica, una voz de antes de los caballos y las armaduras, de antes de las ciudades, los rifles y el Estado. Como si una momia egipcia o inca se pusiera a hablar. A cantar. He venido a escuchar su voz antediluviana.

—Estamos a tu puerta, abuela.

—Debajo de tu casa, pero *high*.

—*Eight miles high.*

—Siempre en las alturas.

—Como los dioses en el Olimpo.

—Tu canto se eleva y nosotros también.

—Considéranos alpinistas.

—Ascensionistas.

—Huautla de Jiménez, 1 934 metros.

—Ya no bajamos.

—Ya no soportamos la planicie.
—Preferimos los tejados del mundo.
—Llevamos mal los descensos.
—Con el psilo no hay bajón, prácticamente.
—Seguimos las líneas de la cresta.
—Pasamos de cadena en cadena.
—Monte Olimpo, 2 917 metros.
—Saltamos los valles.
—Con botas de siete leguas.
—Ya solo vemos las nubes desde arriba.
—Katmandú, 1 400 metros.
—Pájaros posados.
—Con nuestras guías de viaje a cuestas.
—*Los paraísos artificiales.*
—*Las puertas de la percepción.*
—El *Bardo Thödol.*
—*Le Mont Analogue.*
—De la sierra pasaremos a la cordillera.
—De la cordillera saltaremos al Himalaya.
—De Arica a Lhasa.
—Lhasa, 3 650 metros.
—Y del Everest al monte Meru.
—¿En qué montaña estás ahora, Sabinita?
—¿A qué altitud?
—¿Cómo se dice *high* en mazateco?

Jamás estuvo tan poblado el cielo de la sierra.

Poblado de dioses de todo tipo. Gente ya había, entre el señor de las tormentas y la madre de la lluvia, Jesucristo y los santos, entre la mujer del gran trueno y el Chikon, señor de la montaña, descendiente directo de Quetzalcóatl, la serpiente emplumada. Ahora están Buda, Krishna y Rama, tal vez incluso Isis y Odín, y Hécate, Deméter y Perséfone, ¿por qué no? Uno se imagina allá arriba, en los senderos montañosos, entre los pliegues de los cumulonimbos, a todos esos personajes divinos cruzándose, conversando cortésmente —el Chikon pregunta a Ganesh por sus múltiples brazos, Krishna y Huitzilopochtli comparando el azul de sus pieles—, o bien preguntándose qué los trae aquí, tan lejos de sus hogares, bajo esta lluvia mexicana que no cesa. Nos los imaginamos mirando hacia abajo, hacia esos extraños fieles multicolores que se agitan en el valle, emitiendo aquí y allá sus señales extrañas, alguna nubecita de incienso, un acorde de guitarra, una risa aflautada. Allá arriba, ¿qué piensan de todo esto?

Alguien cuelga listones de oración en los aguacateros, y el paisaje adquiere un aire del Himalaya. Más abajo, cerca del río, alguien derrama un poco de café o whisky como libación a la Pachamama, y se oyen resonar aleluyas, *om mani padme hum*, *jai guru deva om* y *hare Krishna*, y todo tipo de mantras de contrabando que hacen arquear las cejas a los autóctonos.

Es de noche. Huautla se duerme en medio de un gran bullicio *new age*.

La hora azul en la sierra. Sin embargo, en lo alto de una colina, un punto rojo brilla a un metro del suelo. Se mueve un poco, pero no es una luciérnaga. Se apaga, se enciende, se apaga. La punta encendida de un cigarro.

Si se pudiera ver mejor, si el azul del cielo de Huautla no estuviera ahora tornándose de un negro obsidiana, veríamos la marca, Chesterfield o Gitanes, y por encima, el fino bigote gris que tiembla y del que se apoderan un sinfín de tics nerviosos, como el de un gato que sueña. Veríamos el cielo reflejado en el pelo peinado hacia atrás con gel, la raya al lado estilo Clark Gable. Veríamos el traje apenas arrugado, que desentona con el paisaje, y los botones de los puños nos dirían que el hombre es lo suficientemente rico como para comprar todo el paisaje, toda la sierra que tiene bajo sus ojos, el cielo que lo acompaña y sus estrellas.

Pero en este instante no piensa en su fortuna. Fuma con ansia. Tiembla. Tiene frío, o miedo. Parece que vio al señor de las tormentas. Parece que lo alcanzó un rayo. El hombre, o mejor dicho el cuerpo, está ahí sentado, temblando, pero la mente, bajo los efectos de la psilocibina, ya desertó del traje. Nada en lo alto, unos metros por encima, en el océano negro, y no es muy relajante. Desde hace unos minutos, unas volutas rosas y suaves empezaron a girar ante sus ojos, medusas grasientas que salen del bosque para encaminarse hacia él, luego se agrupan, se separan, se enredan entre ellas hasta dibujar las patas, las orejas, las trompas de un puñado de elefantes. Cinco o seis elefantes rosas haciendo muecas, con ojos negros como agujeros, estiraron su cuerpo elástico delante de él, alargado sus trompas y patas como zancos de Dalí, se transformaron en camellos, serpientes, en recién nacidos que chillan.

Otros se suman ahora al círculo alrededor del hombre flotante. Primero, una tropa de esqueletos sonrientes y desarticulados, salidos de una de sus películas más viejas, y, enseguida, grandes setas rojas salpicadas de rocío, luego innumerables escobas con cubetas de agua, luego una multitud de hombrecillos con cabezas de pato y sombreros, otra de ratones con guantes blancos y voces agudas, y el hombre ve cómo todas las criaturas de su imperio de ficción aparecen una tras otra y se multiplican sin cesar, las ve copular gañendo, procreando por centenares, como conejos, a toda velocidad, híbridos horribles que se bambolean y chillan a sus pies, subiéndosele encima; entonces se agita, se debate, baja a su traje para huir, para esconderse, pero las criaturas se le meten en el traje por el bajo del pantalón, por el cuello y las mangas, se deslizan bajo la camisa, se le enganchan en los pliegues del saco, en la corbata, tiran de los botones de los puños; entonces el hombre se levanta y echa a correr.

Corre tan rápido por la ladera de la colina que asusta a un búho que sale volando por encima de su cabeza. No ve el charco. Se lanza directo. Durante una fracción de segundo, se tambalea hacia atrás, pierde el contacto con el suelo, su pie se despega. La secuencia se estira, pasa en cámara lenta, los ratones de guantes blancos se desprenden del traje, caen al vacío, inflan pequeños paracaídas para amortiguar su caída y se ríen en falsete, mientras que, en la gran noche mazateca, Walt Disney exhala un largo grito primario y se cae de espaldas en el barro.

Se dice que Walt Disney pasó por allí, junto con otras estrellas: John Lennon, Bob Dylan, Jim Morrison. Jim Morrison o Mick Jagger Keith Richards Cat Stevens. No se sabe muy bien. Es que en aquella época se fabricaban a diario dioses, semidioses, ídolos, se escribían sus leyendas, sus tribulaciones y revelaciones, las etapas de sus vidas, como la de Siddhârta convertido en Buda. Se les atribuían tantas amantes como a Krishna, con sus dieciséis mil esposas, se contaban con tal convicción sus *road trips* y sus *bad trips* que al final ya no se distingue lo verdadero de lo falso. No hay rastros. No hay foto de los Beatles posando junto a María Sabina, ni relato de los Rolling Stones explorando la sierra. Si existen reliquias de algún paso por Huautla —un álbum dedicado, un trozo de tela india, una bota de cocodrilo—, permanecieron ocultas.

Se dice que Lennon pasó allí cinco días, o solo una noche, guiado por María Sabina; pero una noche pesadillesca, porque los psilocibios le hicieron ver su muerte. No se sabe si vio el revólver del calibre 38 Special, las espantosas balas dumdum, los casetes esparcidos por el suelo o si vio el arco del Dakota Building, debajo del cual se tambalearía diez años después. Pero se dice que, según la memoria mazateca, fue uno de los *bad trips* más tremendos de la década. Es un rumor que corre, una de las leyendas que circulan por aquí y que reemplazaron a los viejos mitos autóctonos.

Así que, del paso de esos semidioses venidos del norte, no se sabe nada con certeza. No importa mientras sea creíble. Porque no es difícil imaginárselos pasando por Huautla, llegar por el aire o por los caminos embarrados, llamar a la puerta de María Sabina, chapurrear algunas palabras en español o, mejor aún, en mazateco, ofrecerle flores, un disco, una canción, y finalmente probar el hongo divino.

Aunque sean muy venerados en su lado de la frontera, estos semidioses aún no controlan el ciclo de las estaciones. No ordenan con un simple gesto el crecimiento de los hongos. Si quieren probarlos, deben bajar a la sierra mazateca cuando crecen, cuando llueve, al mismo tiempo que los demás mortales, es decir: entre junio y septiembre. Es cierto que también están los hongos secos, pero el viaje es menos seguro.

Sin embargo, hay uno que puede permitirse visitar a María Sabina un día de otoño, cuando ya no llueve, cuando todos los güeros volvieron al norte. Un día de meses tranquilos, meses secos. Se trata de un semidiós de otro tipo. Ni estrella del rock ni magnate del cine, sino más bien un demiurgo con bata blanca, de esos que transforman la materia. Un hombre de la edad de Wasson, con un cráneo tan liso y calvo como un hongo. Es Albert Hofmann, el químico de los laboratorios Sandoz, el descubridor del LSD, venido directamente desde Suiza hasta Huautla. Pues Albert Hofmann no se preocupa por las estaciones, ya que en Sandoz no necesitan lluvia para secretar psilocibina, la reproducen infinitamente y en cualquier momento del año, tanto en verano como en invierno.

Cuando Hofmann aterriza en Huautla, la sustancia sintética circula poco, su uso es restringido, pronto prohibido, pero él, el gran sintetizador, cruzó sin dificultad las fronteras con un frasco de pastillas con el estampillado de Sandoz en la maleta. Wasson lo acompaña. Es él quien llama a la puerta y se topa con una María Sabina con la espalda más encorvada, la mirada menos viva que la última vez. De ese cuerpo que contenía todas las edades a un tiempo, la muchacha desapareció por completo. Sabina sonríe, de todas formas, con aquella sonrisa enigmática y tímida, inalterada, con aquella misma mirada de esfinge, y luego los deja entrar, disculpándose por no haber puesto orden, ya que no recibe a nadie en esa época del año; disculpándose también por no tener ni un solo hongo para ofrecerles, ya comprenderán, no es temporada. Wasson le presenta a Hofmann, le cuenta que también viene de la montaña, de un pequeño país de Europa con montañas aún más altas que la sierra mazateca y siempre nevadas. Añade que Hofmann es un gran científico, que logró capturar el espíritu de los hongos en simples pastillas, que ahora se pueden fabricar en cualquier parte y todo el año. A estas palabras, Hofmann saca de su maleta el frasco naranja y deposita unas pastillas de psilocibina en la mano de María Sabina, que permanece en silencio, frunce el ceño, las hace girar en la palma de la mano como si fueran dados que se dispone a lanzar. Ya había visto pastillas, pero no con frecuencia. Le recuerdan a semillas. Sabina piensa que si las cositas son tan especiales es porque son las únicas que crecen sin semillas. Y ahora tiene en la mano esas semillas blancas que no germinarán.

Como le dicen que las pastillas son exactamente como sus niños santos, que la harán cantar y hablar con Dios sin alteraciones, que sabrán curar y responder preguntas, María Sabina decide no cambiar nada en la ceremonia. Entonces, esa noche, las pastillas forman extraños puntos de un blanco inmaculado en medio de la oscuridad, los cafés, los ocres, en medio de las almendras de cacao y los granos de maíz, del humo de copal. Las ha repartido por pares, como los hongos. Dos pares para su hija y para ella, un par para Hofmann y otro para Wasson. El rito comienza, inmutable, pero falta ese olor a tierra húmeda de los hongos. No se oye ninguna boca masticando, ningún estómago gruñendo, ni siquiera la lluvia cayendo sobre el techo. Solo un largo silencio químico. Luego algunos suspiros, un par de gemidos, parece oírse a los espíritus sumirse en la noche de la síntesis. Más tarde de lo habitual, emerge por fin la voz de María Sabina, sus palabras habladas y luego cantadas, seguidas por la voz de su hija. Mientras canta, vuelve a ver Nueva York y otras ciudades de cristal. Ciudades donde se amontonan miles de vidrios, de un vidrio transparente anaranjado como el del frasco. Ciudades deslumbrantes y pelo rubio, interminables pelos rubios atrapados entre las hojas de vidrio.

Al amanecer, le dirá a Hofmann que sus pastillas contienen realmente el espíritu de sus cositas, y Hofmann estará encantado. Él le ofrecerá el resto del frasco, que ella dejará sobre su mueble sin volver a tocarlo, junto al vinil y los artículos de periódicos, en su colección de objetos venidos de otro planeta.

Por esa época, muchos extranjeros se instalan para toda la temporada, o incluso un año entero. Se hospedan en Huautla, en el hotel de doña Rosaura o en casas cercanas al aeródromo. Pero la mayoría se agrupan en las afueras del pueblo, junto al río, cerca del Puente de Fierro, donde la gran cascada contribuye a la niebla ambiente, donde uno puede esconderse en el agua en suspensión, donde los hongos brotan en abundancia. Es un campamento frágil, hecho de ramajes, telas tensadas y pontones flotantes. Los güeros se deslizan en las grietas de la pared rocosa, y tal vez incluso acondicionan una o dos grutas para resguardarse cuando la lluvia arrecia. Al lado de este campamento es donde la gente de la sierra sitúa la cueva del Chato, el semicapro, aquel que atrae a los hombres con promesas de fortuna y los convierte en mujeres para mantenerlos prisioneros por siempre jamás. Es muy probable que algunos, demasiado *micelizados*, se dejaran atrapar.

Da igual que María Sabina se haga la muerta, que ya no abra la puerta a sus insaciables visitantes, porque en la sierra todo el mundo actúa ahora como chamán improvisado. Se dice que un primo lejano de María Sabina afirma ser su hijo para atraer a los curiosos. En su puerta hay un cartel que dice: ¡EXPERIMENTA UN TRIP CON CATARINO PÉREZ, CURANDERO DE PRIMERA CATEGORÍA! HIJO DE LA LEGENDARIA SACERDOTISA DE LOS HONGOS. Todas las noches, la casa de la vieja Carmela se llena de turistas y de humo de copal. Ha desarrollado, en su cuarto de cuatro metros por tres, toda una parafernalia que impresiona mucho a los güeros, acompañada de invocaciones mazatecas sin pies ni cabeza. Se dice que un tal Osiris García, un chicano venido de Texas, también llena aforo, se especializó en mitología y propone a los visitantes encontrar, gracias a los psilocibios, a su dios azteca interior.

Y entonces, una mañana, cerca del mercado, se descubre que los hongos se venden en los puestos, junto a los tacos, los tamales, el mezcal, la marihuana y los cigarros. La carne de los dioses, ofrecida a plena luz del día, por tres pesos, para consumir *in situ* o para llevar.

Esa mañana, en el pueblo, todo se trastorna. Los güeros se apelotonan alrededor de los puestos de psilocibios, compran bolsas enteras, se tragan algunos, luego se sientan en la plaza del mercado, entre los montones de café y aguacates apilados en el suelo. Uno de ellos trajo su camioneta y un vinil. En la carátula, una gran flor amarilla, y las caras de los cinco Rolling Stones como pétalos.

El disco empieza y resuenan las primeras notas del *mellotron* de Brian Jones, que atajan de golpe los gritos de los vendedores ambulantes y las conversaciones de los transeúntes. Todos se callan para escuchar ese extraño sonido de piano eléctrico, se vuelven hacia el lugar de donde proviene y ven a los güeros que se levantan despacio, uno tras otro, forman un círculo alrededor de la camioneta y comienzan a cimbrearse al ritmo, a tararear sobre los agudos coros, sobre la voz distorsionada, reverberada, de Mick Jagger, una voz venida de otra galaxia que dice *We love you.* Y ahora los güeros cantan a voz en grito y se convulsionan, se dislocan, hacen como si fuesen epilépticos.

We love you!, grita todo sonriente el tipo de la camioneta a la asamblea mazateca que los mira estupefacta. *We love you!*, repite otra, llorando, poseída, como salida directamente de la cueva del semicapro, y es Jagger quien sigue: *We forget the place we're in, 'cause we love you, we love you.*

Entonces todos repiten al unísono *We love you*, hasta que el lema se define, hasta que las declaraciones de amor surgen —*We love you, Gordon! We love you, Valentina! And Sabina! My* heroína!—, pronto interrumpidas por los bastonazos de las ancianas mazatecas, que hartas de ese espectáculo asombroso y chillando más fuerte que los Rolling Stones y los bailarines juntos, hacen huir a toda la *troupe.* Interrumpido su canto de amor, enjugándose una lágrima, a los diablos les da el tiempo justo de meterse en la camioneta, agarrar el disco y huir a refugiarse a la otra punta del pueblo, en su guarida junto al río.

Todavía se les oye por todo el valle. Resuenan carcajadas, retazos de canciones, ruidos de agua. Flotan. Reunieron troncos, los ataron con soga y ahora, en su balsa amarrada a un árbol, flotan. Se relajan, un poco desmejorados. Es que hace calor, ahora que ya no llueve. Flotan y se ríen, fuman mucho, meten la mano en una cesta de mimbre llena de hongos que se llevan a la boca y mastican lentamente, sin hacer muecas, regando cada bocado con un trago de refresco o de alcohol transparente. A medida que sus pulsos se desincronizan, se hunden un poco más, dejan que sus cabezas se balanceen, sus manos acaricien la superficie del agua y, mientras la psilocibina recorre sus nervios, parecen sumirse en un sueño sin fin.

De lejos, uno podría pensar que ve *La balsa de la Medusa*, porque tiene algo de naufragio, aunque no se esté comiendo la carne de los hombres, sino la de los dioses, no es por ser tiquismiquis. De tanto en tanto, se les ve incorporarse para tundir el aire con los puños, aplaudir o berrear algo, un lema, un mantra, un *We love you!*, salpicado de risas, y de repente ya no se tiene ante los ojos a la Medusa, sino *La nave de los locos* de Jheronimus Bosch, con un banjo y psilocibios en lugar de laúd y cerezas. Una alegre nave de locos lista para soltar amarras y dejarse llevar por el río Tonto sin temer rápidos ni cascadas, con una extraña tripulación aferrada a un palo ensebado, lista para navegar sin velas hasta Veracruz y por todo el mar Caribe para predicar la psicodelia.

Desde las alturas, los dioses mazatecos y sus homólogos observan todo esto con los ojos muy abiertos. No son los únicos. Al borde del camino a Teotitlán, con la espalda apoyada en el costado de su todoterreno, un hombre uniformado enfoca sus binoculares en la pequeña balsa, en los campamentos improvisados a lo largo del río y en sus ocupantes, más o menos desnudos.

En todas partes, los jóvenes van atrayendo las miradas. Miradas oscuras, inquietas. Lo que ven se les escapa. Los jóvenes se emancipan, hacen todo lo contrario a sus mayores, tocan una música incomprensible, se niegan a servir a su país en Vietnam. Se intoxican, tragan desde la mañana hasta la noche todo tipo de menjurjes, pastillas e ideas subversivas. Esto no puede seguir así. Los medios de comunicación, por su parte, pasaron en diez años de la fascinación al anatema. Los hongos revelados por Wasson a todo Estados Unidos en 1957 son mágicos, desde luego, pero se trata de una magia negra, de la que vuelve a los jóvenes perezosos, vagabundos, incluso locos de atar. La experiencia psicodélica lleva, en el mejor de los casos, a la estupidez, y en el peor, a la violencia contra uno mismo y los demás. Esta chamana mexicana en su cabaña tiene todo el aire de una bruja venenosa. De hecho, no es sorprendente que todo tipo de alucinógenos crezcan directamente en el suelo de México: ¿no es acaso un país corrompido, donde la tierra misma es perversa? Las cadenas de televisión estadounidenses no cesan de emitir advertencias sobre el peligro del LSD, y en *Paris Match* se lee: «¡Padres, atención! La catástrofe llama a sus puertas...». En la sede de la Food & Drug Administration, viejos señorones encorbatados se agitan y pronuncian palabros mayestáticos. Se hace llegar una carta a cientos de directores de universidades para informarles sobre la «amenaza». En California, el gobernador Ronald Reagan decide prohibir el uso del LSD, y poco a poco todos los demás estados siguen su ejemplo. A su vez, la psilocibina pasa a ser ilegal. Pronto, el futuro presidente Nixon declarará la guerra a las drogas y designará a Timothy Leary como su enemigo público número uno.

También en la sierra se preocupan. El periódico *Excélsior* publica un reportaje con un título rimbombante: «Invasión hippie en Huautla». En México, en el Ministerio del Interior, las corbatas se agitan y finalmente la mano de un miembro de las altas esferas descuelga un teléfono de baquelita. El índice hace girar con paciencia el dial, marca el número del municipio de Oaxaca, luego el de Huautla, da dos golpecitos al cigarro para dejar caer la ceniza y luego un puñetazo en el escritorio, en señal de firmeza. Se ordena la expulsión de los hippies *manu militari*.

En el camino hacia el pueblo, aguacates aplastados por doquier. En esa mañana de septiembre, después de una noche de tormenta, aquello es un auténtico guacamole. Se extiende en capas verdes y grasas, resbaladizas como jabón. Y también hay decenas de escarabajos que la lluvia y el viento dejó bocarriba. Una morfología muy desequilibrada, la de estos insectos, con su pesada coraza dorsal y sus patas finas como ramitas. Incapaces de darse la vuelta, se agitan desde hace horas, pero sin prisa, rítmicamente, como autómatas. Si nos encontráramos en Egipto, en el Valle de los Reyes, hacia el año 1600 antes de Cristo, es probable que alguien se hubiera apresurado a rescatar a los insectos sagrados, dotados de atributos solares, por miedo a ver instalarse el caos absoluto o la noche perpetua. Por desgracia para ellos, no estamos en el Egipto antiguo, y en Huautla de Jiménez, en esa mañana de septiembre de 1967, los escarabajos bocarriba le importan un comino a la gente. Sobre todo a los policías que están ahí en la carretera, entre los escarabajos y los aguacates, también con sus cascarones, aplastados. Los policías, que son como grandes escarabajos negros, y que se quedan ahí, de pie, fumando cigarros alrededor de poco más de cincuenta jóvenes sentados en el suelo, un poco embarrados y adormecidos. A juzgar por el aire satisfecho de los escarabajos fumadores, su redada cerca del río, debajo del Puente de Fierro, se llevó a cabo según lo esperado, sin gran resistencia. Algunos, los más ágiles, huyeron a la montaña al verlos llegar, pero los encontrarán tarde o temprano. A los últimos que quedaban en el pueblo, en el hotel de doña Rosaura o en sus casas improvisadas cerca del aeródromo, también los desalojaron.

Se instalan puestos de control militar en el camino hacia Huautla. La sierra queda encerrada en una burbuja. Mientras esperan fletar autobuses para devolver a toda esa gente, mientras se preparan para llevar a los gringos hasta la frontera y meter a los mexicanos unos días en una celda de Oaxaca o México, se encienden un cigarro, llaman al ministerio. Observan de reojo a esta extraña tribu que, recién salidos de la cama, ya no tiene nada de demoníaca.

Una chica se escapó del grupo y se dedica a colocar a los escarabajos sobre sus patas. Antes de dejarlos en su sitio, les da a cada uno un nombre y se despide de ellos con toda solemnidad. Así que, durante largos minutos, en este camino, en medio de los aguacateros, no se escucha nada más que su vocecita diciendo: *Goodbye Henry, goodbye Antonio, goodbye Valeria...*

Entonces, la policía —los tipos con corbata de la federal, no los grandes escarabajos negros—, la policía aprovecha esta redada en la sierra para registrar la casa de María Sabina. Ella está sentada a su mesa tomándose su café matutino cuando los tres encorbatados entran sin llamar, sin limpiarse los zapatos embarrados, seguidos por un intérprete local. El más bajito de los tres, probablemente el jefe, habla demasiado alto, y el intérprete traduce: Señora María Sabina Magdalena García, policía federal, tenemos orden de inspeccionar su casa. Miran el cesto de hongos recién recolectados, y uno de ellos le dice a María Sabina que la llevarán hasta Oaxaca para interrogarla, como a todos aquellos que se dedican a embriagar a la juventud. A ella no le da ni tiempo a responder cuando ya empiezan a registrar toda la estancia, encuentran el frasco de tabaco San Pedro, le preguntan si se fuma. Ella dice que no, que el tabaco

San Pedro se frota en los brazos y piernas de los enfermos durante las ceremonias, o que se pone una bolita en el zurrón cuando se emprende un viaje, para ahuyentar los malos espíritus. Al oír esto, uno de los policías silba entre dientes, luego examina su reflejo en el disco negro, regalo de Wasson, mientras otro lee los recortes de prensa clavados en la pared y que hablan de María Sabina en todos los idiomas. Llama a sus colegas, visiblemente sorprendidos de ver que se ha escrito tanto sobre esta vieja loca; no se esperaban entrar en la casa de una figura mundialmente conocida. Como hay que tomar medidas serias de cara a la galería, descuelgan los recortes de periódico, se llevan el vinil, el frasco de tabaco y el frasco de pastillas y suben a María Sabina al furgón, rumbo a Oaxaca.

Una vez en las oficinas de la federal, le informan que se la acusa de atraer a los jóvenes gringos a su casa para hacerles comprar sus hongos y fumar marihuana. Ella responde que es María Sabina, la dama sin tacha, la que mira hacia dentro con ojos limpios, ojos claros, la que solo nada en aguas puras, maldito sea quien mienta así sobre ella, que su lengua se convierta en polvo por haber dicho eso. La interrogan durante horas y María Sabina responde sin temblar. Suena el teléfono, una llamada de Huautla, y finalmente las preguntas cesan.

Cuando el intérprete encargado de llevarla de vuelta a casa va a buscar su coche, ella pregunta por sus recortes de periódico, su disco y todo lo demás. Al otro lado del escritorio, fingen no entenderla.

La sierra, como se dijo, es un país de lluvia. La mitad del año se vive nadando. Lo que no impide que el fuego irrumpa de vez en cuando en el paisaje sin avisar. Así que, un buen día, devora la casa de María Sabina.

Como ella se fue ese día a vender velas y pan en los pueblos cercanos, no llegó a ver las llamas, solo la ceniza. Un montón gris humeante es lo único que queda cuando regresa por la noche. De sus cuatro paredes de madera y su techo de paja no queda nada. Nada de sus muebles y huipiles, ni del maíz, el tabaco, el aguardiente, los hongos secos, el pequeño Jesús y los querubines que, desde su imagen piadosa, asistían a todas las ceremonias.

Entre los vecinos de la colina, nadie logró detener el incendio. En la ciudad, se murmura aquí y allá que el fuego a veces tiene sus motivos. Algunos ven con malos ojos los asuntos nocturnos de María Sabina, los consideran atrasados, una amenaza, y esperan en secreto que el incendio suponga el final de esas prácticas de brujería. Otros afirman que fue castigada por hablar demasiado, por revelar el secreto de los hongos a los extranjeros, por vender sus servicios. Por levantar el silencio de los ancestros, los siglos de silencio enterrados. Antes de la llegada de los güeros, nadie hablaba en voz alta de las cositas de María Sabina, estaba muy bien así. Su nombre oculto no se pronunciaba, permanecía intacto. Ahora se oye como un eco en las calles de la ciudad, en mazateco, en español e incluso en inglés. Las cositas, las ceremonias, todo fue documentado, fotografiado. El hongo divino dejó la sierra en las maletas de los Wasson. Los químicos desvelaron su poder, lo convirtieron en molécula, lo transformaron en pastillas. Y, para rematar, los melenudos lo devoraron, lo mancharon todo.

Todo esto reclama una culpable, un castigo. De hecho, se cuenta que dicha culpable se embolsó fortunas por este desastre. De ahí el fuego, que es hermoso y aterrador, que destruye rápido y bien. Porque borra la mancha, quema los pesos que tal vez acumuló en su casa. Siempre se podrá decir que es el fuego del cielo, que no tiene nada que ver con nosotros, que solo los dioses castigaron. El fuego, porque no hay bruja sin hoguera.

Frente a los escombros humeantes, María Sabina

palpa el fajo de billetes escondido en sus faldas, intacto. Ahora sabe para qué servirá ese pequeño rollo de papel sucio. Para reconstruir su casa con paredes de tierra. Para apagar el fuego.

Gordon Wasson envejeció, tiene el pelo blanco, su rostro de Gary Cooper se hundió. Su corazón también se resecó un poco. Ya no está Tina para poner a Chaikovski en el tocadiscos, para poner narcisos o tulipanes en los jarrones y agua en su vino. Ya no está Tina para llamarlo viejo mujik cuando se pone su suéter agujereado.

Masha lo visita todas las semanas en su bonita casa de Danbury, a dos horas de Nueva York en coche. Le habla de su trabajo en el hospital y Gordon se da cuenta de hasta qué punto heredó de Tina su pasión por los cuidados. Él le habla de los avances de sus investigaciones, se entusiasma con la imagen de una piedra grabada o con un párrafo del *Rigveda* que acaba de redescubrir. A veces, cuando recibe la visita de un colega micólogo y le entran ganas de recordar los efectos de la psilocibina, le pide a su hija enfermera que supervise la ingesta. Así que Masha, de vez en cuando, vive la extraña situación de auscultar a su propio padre en pleno viaje psicodélico en la butaca de terciopelo del salón. Le examina el pulso, las pupilas dilatadas, le seca la frente, toma notas sobre las visiones que él le describe desde el otro lado, y a menudo echa un vistazo a su madre, que, desde la foto enmarcada en la cómoda, sonríe ante esta escena familiar algo absurda, típicamente wassoniana.

Pero, entre cada visita de Masha, la casa se sumerge de nuevo en el silencio. Gordon, el chiflado adorable, se convierte de nuevo en el austero investigador de su biblioteca. Como ya no hay narcisos en los jarrones, como ya no suena el «Vals de las flores» en el tocadiscos, no soporta bien la profusión floral de su época, todas esas flores en el pelo y en los tejidos estampados de los hippies que a veces ve por las calles, y de quienes se cuenta que invadieron Huautla para luego ser expulsados. Echa pestes contra esos sinvergüenzas a los que más les valdría retomar sus estudios donde los dejaron, turistas chamánicos devotos del tarado de Timothy Leary, esos *junkies* que confunden sus *trips* con milagros y el placer propio con una revolución.

Por rechazo a la fantasía multicolor de la nueva generación, a esas flores que les brotan como granos de acné, ya no elige más que prendas de los colores más apagados, los de sus adorados hongos. Se toma el tiempo de combinar el traje beige boletus con la corbata café champiñón, el chaleco *Tricholoma terreum* o el blanco hongo ostra, e incluso ese sombrero, elegante pero algo blando, que a los más micófilos recordará discretamente la forma de un níscalo avejentado.

Así que Gordon, de forma imperceptible, se va convirtiendo en hongo. De hecho, ya no piensa en otra cosa, como si su propia mente hubiera sido *micelizada*, parasitada por un extraño *Cordyceps*.

María Sabina solo vuelve a ver a la policía —Dios la proteja— una vez más, durante una visión nocturna. La vieja Leocadia llega buscándola. Está preocupada por su nieto Manuel, que se fue a estudiar a México. Le dicen que allí hay alboroto, que los estudiantes se están organizando contra el Gobierno del presidente Díaz Ordaz, que salieron de las universidades y llaman a los trabajadores a manifestarse con ellos. Hace semanas que Manuel no le escribe. Vino a saber de él por medio de las cositas.

El crepúsculo es aún más austero en la nueva casa de la chamana. Apenas instaló nada adentro, solo una mesa, una pequeña cómoda y algunas esteras en el suelo. El olor de la tierra cruda de las paredes, recién reconstruidas y blanqueadas con cal, se mezcla con el de los hongos, amontonados en la cesta sobre la mesa. La habitación de María Sabina se convirtió en una cueva, casi un mausoleo cuando el sol declina.

Esa noche, Leocadia se encargó de encender el copal y algunas velas. Además de un ramo de gladiolos, trajo una foto de su nieto y una postal de san José de Cupertino, protector de los estudiantes, que besa en el momento en que María Sabina, arrodillada frente a ella, al otro lado de la mesa, comienza la ceremonia y se lleva a la boca los primeros hongos.

Bastan dos o tres preguntas sobre Manuel para que los niños santos le muestren un gran tumulto. Reconoce la gran plaza del Zócalo y el Palacio Nacional, que vio un día en un libro, pero, en lugar de la enorme bandera nacional colgada del asta en medio de la plaza, ondea una bandera roja y negra. Luego oye los clamores, los cantos, las palabras imprecisas coreadas por una multitud, en otra plaza que no conoce, donde se alza, junto a una iglesia, una vieja pirámide de piedras negras. El gentío llena la plaza entera, la desborda, se agita. A pesar de la noche caída sobre la ciudad, María Sabina distingue sonrisas, miradas graves, preocupadas, rostros mazatecos, y entre ellos el de Manuel, al pic de la pirámide.

Por un instante, las cositas ya solo le muestran manos. Las manos de Manuel que sostienen una pancarta, y en esa pancarta frases que no sabe leer, manos extendidas, los dedos en V, y otras que se suman, se estrechan, aplauden y, de pronto, manos enguantadas de blanco que desenfundan pistolas, unas quince manos blancas de hombres que, en medio de la muchedumbre, apuntan con sus pistolas a los estudiantes. La visión se turba, se acelera. María Sabina trata de describírsela a Leocadia, pero le faltan palabras para expresar lo que ve, para dar nombre a esos tanques de la policía, esas dos llamas rojas que de repente se elevan silbando en el cielo e iluminan el gentío durante unos segundos. Oye disparos y al instante los niños santos que chillan, o son los chillidos de los jóvenes en la plaza que se dispersan corriendo, cruzan a toda velocidad la explanada manchada de sangre, seguidos por los helicópteros sobrevolando demasiado bajo y desde los cuales otras manos les apuntan con armas aún más largas. Antes de que la visión se desvanezca, María Sabina ve a Manuel escapar de la plaza y adentrarse en la noche. Le dice a Leocadia que su nieto está vivo, a salvo en algún lugar de México, que escapó al infierno de una gran plaza, pero la escena ante sus ojos cambió.

Más allá, en otra multitud de la misma ciudad, en medio de un estadio, ve a dos hombres negros en un estrado levantando al cielo puños enguantados, al pie de una bandera adornada con anillos multicolores. Vuelve a ver la bandera roja y negra que había en el Zócalo, en el suelo y pisoteada, pero todo está tan confuso, las cositas se desbocan, las visiones de multitudes se suceden demasiado rápido, multitudes de jóvenes dispersados por rifles en ciudades desconocidas, en medio del espeso humo que se eleva de las llamas, y todo se oscurece, con el humo y el terror ya no ve nada.

—Déjanos entrar, Sabina.

—Hay policía por todas partes.

—Hay militares hasta en tus montañas.

—Por todas partes, fuerzas del orden.

—En el camino a Teotitlán.

—En todas las calles de México.

—En la plaza de Tlatelolco, una masacre, ¿lo sabes?

—Allí donde ocurrió otra masacre cuatro siglos antes.

—La gran represión.

—Hasta Huautla está cerrada.

—Tomamos caminos secundarios.

—Caminos de contrabandistas.

—Nos echamos al monte.

—No hay policía en el mundo de María Sabina.

—No hay policía en el mundo de las cositas.

—Ya no hay puestos de control cuando se está al otro lado.

—Un viaje sin *checkpoints*.

—Sin documentos de identidad.

—Evitamos a los policías y los deslizamientos de tierra.

—Es cierto, tu tierra se desliza.

—Se convierte en barro.

—Tu país descarrila.

—Las carreteras se derrumban.

—Como para impedirnos un poco más el paso.

—Pero aquí estamos.

—No hicimos poco.

—Justo después de Tlatelolco, abandoné la ciudad y su olor a sangre.

—Y yo no dejé la sierra. Me escapé cuando vinieron a echarnos del río. ¿Cuántas semanas pasé allá arriba comiendo raíces, durmiendo en cuevas?

—Volvemos de una gran fiesta.

—Altamont. Una gran ceremonia bajo el sol de la costa oeste.

—Mick Jagger como chamán en jefe.

—Todo salió mal.

—Las fuerzas del orden, las motos, los palos de billar. Armas por todas partes.

—Armas y química. LSD, *speed*, fentanilo.

—Vesparax y ron blanco.

—Dentro de cincuenta años se hablará de esto como del final de un sueño.

—María Sabina, esta vez venimos para que nos cures.

—Para sanar nuestras heridas.

—Para hacer preguntas.

—Preguntas sobre nuestro destino.

—Sobre la juventud de los años sesenta.

—Sabinita, abuela, ¿no ves qué nos depara el futuro?

—Sé nuestro oráculo.

—Nuestra psilosibila.

—¿Ves algo más que el sol que resplandece?

—¿Que la hierba que verdea?

—Esta noche consultarás los hongos.

—Estaremos a tu lado.

—Seremos sabios.

—No como antes.

—No como cuando todo descarriló.

—Cuando rebautizaron tu calle.

—Cuando la llamaron Freak Street, como en Katmandú.

—La calle de los monstruos.

—Es cierto, sacamos a nuestros monstruos.

—Y los paseamos por tus calles.

—Por toda tu sierra.

—Divagamos.

—Comimos tus cositas sin atender al modo de empleo.

—Hicimos de *day trippers*.
—Exhibimos nuestros *trips* a plena luz del día.
—Echamos las tripas en el centro del pueblo.
—Oteamos la multitud con nuestras pupilas de gato.
—Maullamos en todos los tejados.
—Berreamos todos los gritos primitivos.
—Causamos desorden.
—Algunos se perdieron en la sierra.
—Yo volví, otros no.
—Otros se quedaron en órbita.
—*One way ticket*.
—Descarrilamos.
—Pero, mira, nadie nos avisó.
—Respeten la dosis.
—Respeten las dosis prescritas.
—Por su chamán autorizado.
—Pero no volverá a ocurrir.
—Prometido.
—Ábrenos, abuela Sabinita.
—Seremos sensatos.
—Ya solo estamos nosotros.
—No encontramos los psilos cerca del río.
—Dicen que los tienes en tu casa.
—Que tienes tus escondrijos.
—Ábrenos, solo por esta noche.
—Está demasiado oscuro y tenemos demasiadas preguntas.

—Tu montaña es austera, pero tu hongo ama el lujo.

—Nos hará dormir en Versalles.

—En la gran Tenochtitlán.

—En el país de las maravillas.

—Lejos de las ciudades, lejos de los policías.

—*Anywhere out of the world.*

—Y tendremos de nuevo las pupilas negras.

—Seremos gatos salvajes.

—Nos iremos como gatos salvajes.

—Y como aves migratorias volveremos.

—A cada temporada de lluvias.

Ella los escucha, pero ya no los entiende. Son siempre los mismos, con ese pie frágil, ese sombrero que cambia de color después de la lluvia, ese olor a tierra, ese sabor rancio. Sin embargo, María Sabina ya no entiende ni una palabra de lo que le dicen las cositas. Primero pensó que era un olvido en el ritual, una palabra fuera de lugar, un problema en la dosis. Lo revisó todo. Pero no, nada cambió en su forma de actuar. Sus gestos son los mismos que hace treinta años, los mismos que hace tres siglos. Lo revisó todo. El copal, los granos de cacao, la cera de las velas, el blanco de los gladiolos. Y entonces lo entiende. Las cositas ya no hablan mazateco, hablan inglés.

Una tormenta en la costa este. Un huracán tropical venido del Atlántico Sur, bautizado con un agradable nombre femenino, Irma, Karen o Carlota. La lluvia que azota las ventanas reafirma la alegría del dueño de la casa al verse a salvo entre sus libros, como en un Nautilus.

Vestido con sus trajes color café hongo, Gordon Wasson no deja de escribir. Pasa su vida entre libros, se pierde en historias micológicas más antiguas aún que la de los mazatecos, historias de la Grecia y la India antiguas. Intercambia correspondencia con numerosos investigadores, lucha incansablemente con quienes lo contradicen, prepara conferencias. En la biblioteca se pueden ver los diecisiete tomos de textos y grabados de la *Enciclopedia* de Diderot y d'Alembert, probablemente una primera edición, comprada por unos miles de dólares. En el amplio escritorio, junto a un hongo esculpido en piedra prehispánica, el libro más reciente de Wasson, *Soma. Divine Mushroom of Immortality*.

Es una edición de gran formato encuadernada en piel azul noche, con el lomo estampado en caracteres dorados, los bordes de las páginas dorados, protegida en un estuche de vitela teñido del mismo azul noche. Una vitela muy suave, satinada, que Wasson acaricia con la punta de los dedos con la mente en blanco. Un objeto de lujo, de una tirada de varios centenares de ejemplares, fabricado a mano por un impresor de Verona. Wasson aprecia los materiales finos casi tanto como el aire libre. El diluvio, los zapatos mojados, el estómago que se retuerce, todo eso lo conoce, pero también conoce los hermosos cueros, los terciopelos, los whiskies suaves como terciopelo o como vitela. Wasson, el aventurero de bordes dorados.

Ni se acerca a los *paperbacks* que inundan Estados Unidos, salidos de rotativas que funcionan a pleno rendimiento, ni al papel de periódico de mala calidad, ese que mancha los dedos, el de la revista *Life*. Desde que su reportaje llegó a manos de los estadounidenses y manchó los dedos de la mitad del país, desde que todo el mundo conoce Huautla. Y la policía federal recorriendo el valle. También le dicen que María Sabina perdió la cabeza, que habla sin parar del dinero que le roban, del dinero que él le debe. Todo un campo de investigación echado a perder, se dice, y ese pensamiento le produce una punzada en el estómago. Entonces, desde *Life*, le dio la espalda al papel de periódico. Se empeña en publicar cada uno de sus libros en una primera edición de lujo, la regala a amigos y la vende a unos pocos afortunados, coleccionistas e iniciados. El primero, coescrito con Tina, valía más de cien dólares al salir. El próximo, sobre las ceremonias de Huautla, será aún más caro, con su diseño mazateco tejido en la portada y sus cuatro discos de vinil de 33 r. p. m. para escuchar los cantos de María Sabina.

Extrañas operaciones que hacen que los viajes a lomos de una mula, las noches de escalofríos y náuseas, las noches de visiones echados sobre la arcilla bajo un techo de paja que gotea, los pueblos de manos callosas y bocas desdentadas, las bocas analfabetas..., extrañas operaciones que hacen que todo esto termine capturado en estuches satinados de noche y oro, guardado en bibliotecas de caoba. Bibliotecas como la del Century Club, donde Wasson pasa aún gran parte de su tiempo, fiel entre los fieles. Si bien cedió hace mucho su puesto de vicepresidente en J. P. Morgan & Company, nunca dejó de seguir el curso de los negocios en Nueva York; se hace llevar por su chofer, mira la ciudad desde lo alto, se codea con las eminencias del mundillo. *Sfumato* de puros, tintineo de whiskies. A pesar de sus canas, Wasson sigue siendo un hombre de influencia, un «centurión».

Pero ahora mismo no observa el hormiguero neoyorquino desde el Century, sino el cielo desatado sobre Danbury. Despegó la mirada de la máquina de escribir y de su correspondencia para Harvard, se sirvió otra taza de té y ahora fija la mirada en el paisaje devastado por el huracán, las trombas de agua que golpean el ventanal, las hojas y ramas de los árboles que atraviesan el cielo a toda velocidad. Un cielo que se va tiñendo poco a poco de amarillo y verde, con claroscuros estrafalarios, y empuja nubes veteadas de fosfenos que se abren sobre abismos insospechados. Un cielo apocalíptico de colores saturados como los del Greco sobre Toledo. Wasson respira profundamente, exhala, vacía a sorbos su taza de té y cierra los ojos para calmar la visión barroca provocada por el comprimido de psilocibina que acaba de tragar. A tientas, sin abrir los ojos, encuentra la dirección de su sofá, se recuesta en él y se duerme.

Desde su sofá, acaba de llegar a la sierra. El vehículo no fue la avioneta habitual, sino más bien un gran Boeing 747 recién salido de fábrica, que se posó con suavidad en la inmensa pista construida sobre el antiguo lecho del río, en las afueras de Huautla. Inmóvil en un escalón de la escalera mecánica que lleva a los pasajeros al centro del pueblo, Wasson se desliza despacio hacia las alturas observando el paisaje, completamente rediseñado por los equipos de Walt Disney «para resaltar la magia ancestral que palpita en el corazón del valle», como se indica en el folleto que lleva en la mano. Una vez arriba, lo recibe un gran cartel: WELCOME TO HUAUTLA WONDERLAND! THE GREATEST HALLUCINOGENIC CENTER IN THE WILD SOUTH! En la plaza central, unos altavoces ocultos entre los aguacateros difunden las canciones del cortometraje de dibujos animados *Magic Mushrooms!*, estrenado por los estudios Disney dos años antes. En la colina a la derecha, Wasson reconoce el camino hacia la casa-museo de María Sabina, flanqueado por puestos de tacos, tequila y mezcal.

A la izquierda, la entrada para Adventureland, un gran recorrido en tren a través del bosque mazateco, «donde los visitantes deberán sobrevivir a las avalanchas de barro y enfrentarse al señor de las tormentas y a la madre de la lluvia».

Un momento después, Wasson pasó un torniquete. Se encuentra bajo una enorme cúpula en forma de seta roja y blanca que acoge Holyland —«un espacio ecuménico, para reconectar con lo divino dentro de uno mismo (abierto a todo el público mayor de doce años)»—. Hay allí, por todos lados, gruesas alfombras y grandes cojines con cientos de visitantes tumbados. Entre ellos pasan las edecanes mazatecas, vestidas con huipiles tradicionales y con sombreros-champiñón, llevando bandejas llenas de papel secante multicolor, vasos de ayahuasca carbonatada, bombones de peyote y psilocibios garapiñados.

En el centro de la cúpula, un hombre toca la cítara, rodeado por algunas personas que bailan a pesar de los tubos intravenosos que restringen sus movimientos. En las bolsas de plástico transparentes colgadas junto a ellos, Wasson lee «Dietilamida de ácido lisérgico», «DMT», «Psilocibina». El que toca la cítara se acercó y adopta la apariencia de Albert Hofmann.

Le tiende unos comprimidos de colores pop envueltos en una hoja de plátano y dice: «¡Wasson! ¿Dónde estaba usted? Nuestra querida María Sabina le espera para preparar la gran ceremonia de esta noche, ¡se esperan cinco mil participantes!».

Wasson despierta de golpe, empapado en sudor. Afuera, sobre Danbury, la tormenta pasó.

A cien kilómetros de allí, en Manhattan, en la fachada del prestigioso Carnegie Hall, se colocaron los carteles del próximo espectáculo. Se titula *María Sabina: una tragifonía.* Música: Leonardo Balada. Texto: Camilo José Cela. Estamos a principios de 1970, y dentro de unas semanas tendrá lugar el estreno. Al entrar en el inmenso escenario, ante cientos de espectadores, un primer actor recitará: «Nació el ángel María Sabina / La condenaron a muerte en la horca / Y de nada valieron las lágrimas / De Valentina Pavlovna Wasson». La actriz puertorriqueña María Soledad Romero entrará a su vez para interpretar a María Sabina y enfrentarse al coro de los habitantes de Huautla, decididos a ahorcarla por brujería. El coro expresará su amor y su odio hacia la chamana, y ratificará su sentencia, instando al verdugo a actuar. Finalmente, el verdugo llegará, pedirá perdón a María Sabina y la colgará.

Al final del espectáculo, se dirá que la interpretación de la señorita Romero fue increíble, o que la música estuvo demasiado fuerte, se elogiará la acústica siempre irreprochable del Carnegie Hall, se criticarán esos textos experimentales que encontramos hasta en la sopa, se juzgará el personaje de María Sabina como extraño o desgarrador. Se dirá todo esto, como quien habla de *Carmen* o de *Lakmé*, sin saber siquiera que la verdadera María Sabina aún vive, en una casa de tierra más pequeña que el más pequeño de los camerinos del Carnegie. No se sabrá nada de ella, o tal vez una línea apenas en el programa: «un personaje inspirado en la sacerdotisa mexicana de los hongos alucinógenos». Pero estaremos tan lejos, en este pedazo de acera de la Séptima Avenida, bajo la luz de los neones, entre el humo de los cigarros; estaremos tan lejos de la sierra mazateca, de sus montañas verde tierno y de su lluvia incesante; estaremos tan lejos de las pupilas dilatadas y de los corazones asíncronos...

¿Qué hora será en Huautla cuando María Sabina suba al escenario la primera noche? ¿Qué estará haciendo la otra Sabina, la verdadera? ¿Ya se habrá acostado o estará cocinando o recolectando hongos? No sospechará que se convirtió en un personaje de tragedia musical de vanguardia que cientos de neoyorquinos descubren cada noche en el Carnegie Hall. Probablemente nunca se enterará.

¿Qué les pasa a los vivos que hacemos morir en el escenario? ¿Sienten algo en el momento de su muerte ficticia, un ligero vértigo, se les para el corazón por un segundo? ¿Tienen la sensación de haber perdido un pedazo de sí mismos, de no vivir más que una vida a medias? Los casos no son muchos, sin duda, pero María Sabina es de esos pocos. Muere una primera vez en el escenario en 1970, todas las noches a las diez durante una semana o dos, pero aún le quedan quince años de vida en su montaña.

Quizá haya bajado al río al pie de la ciudad para refrescarse, para trenzarles el pelo a las muchachas. Está sentada en la orilla, no se baña en el agua, sino en el eterno humo de un cigarro, uno norteamericano olvidado por Wasson durante una visita remota. Hace mucho que no viene. Se dice que está interesado en otros continentes que Sabina desconoce, o cuyos contornos vagos le aparecieron en ciertas noches, cuando las cositas estaban de humor geógrafo.

Es una hermosa tarde. El sol se enreda en las hojas y el humo, rebota en la superficie del agua viva, estalla en los colores de su huipil. Es una hermosa tarde, es una tela hermosa, pero María Sabina parece más pequeña. Está un poco mustia, como una flor marchita. Casi le desaparecieron los labios, replegados sobre la ausencia de dientes. Ahora habla menos, la boca desdentada le da un poco de vergüenza. De todas maneras, ya no tiene a quién hablar. Desde la orilla, observa a las muchachas de la ciudad que se bañan, sus cuerpos flexibles, las trenzas que flotan sobre la superficie dibujando serpientes de agua cerca de sus cabezas. Se ríen, juegan a salpicarse y se ríen mucho. Hablan. ¡Cómo hablan! Las nuevas generaciones ya no saben callarse. Pero María Sabina no las oye. Solo oye un gran silencio. El de las cositas, los niños santos. Porque las cositas también se callaron. Primero le hablaron en inglés. Luego, sus voces de angelitos se convirtieron en sonidos muy débiles, apenas perceptibles, como el de un radio en cualquier lugar de la sierra. Como la lengua de otro planeta, indescifrable. Duró esto unos días y luego se callaron. Nada más. Afónicos, los niñitos del coro a los que tanto quería.

Antes de dejar la orilla, echa un último vistazo a las charlatanas que salen del agua. Ninguna tiene el don. Ella era la última. Lo sabe, lo notó al trenzarles el pelo. Sus hijas tampoco, ni Aurora ni Apolonia, que ya se marcharon muy lejos de la sierra. Tal vez su sobrina. Sí, tal vez su sobrina, pero aún es demasiado joven, no es seguro. Y aunque lo fuera, ¿qué haría con hongos mudos?

Mientras por las noches muere en el escenario en Nueva York, en Huautla, María Sabina aún vive. Una vida con sordina y una vida muda. Ya no canta. Como oráculo apagado, ya no predice más que el tiempo del día siguiente confiándose a las nubes, y se equivoca a veces, como todo el mundo. Ella, que conocía todos los nombres de Dios, todos los nombres de los santos, ahora olvida los nombres de sus vecinos. Ella, que podía ver por dentro, más allá, desplegar regiones infinitas, ahora solo tiene sus ojos miopes y sus diez dedos para contar las gallinas. Para contar sus pesos, que no son infinitos. Sí que tiene un billete de cincuenta pesos en casa, pero lleva impreso el rostro de su querido Benito Juárez, así que lo clavó en la pared, como la foto de un tío querido.

De vez en cuando, en la ladera que domina el río, algunos güeros aislados se deslizan entre los árboles, furtivos, siguiendo a un chamán o huyendo de la policía. Solo se los percibe por el movimiento de las hojas, por un mástil de guitarra que sobresale, el destello de una joya en una fracción de segundo.

Más arriba, en la cima de la sierra, los dioses exóticos se marcharon a Katmandú o quién sabe, cansados de la lluvia. Los dioses mazatecos, en cambio, siguen allí, en sus puestos de centinela. Están un poco mustios, como María Sabina, su piel más clara que antes, casi traslúcida.

La mañana del 7 de marzo de 1970 se agita la sierra de Miahuatlán, a doscientos kilómetros al sur de Huautla. En la plaza central, en las calles, en los terrenos baldíos alrededor de la ciudad, por todas partes hay bullicio. Se está preparando algo grande, pero no se puede hacer nada. Solo estar listos cuando suceda. Y sucederá a la hora prevista, sin un segundo de retraso, no cabe duda. Visitantes de todo el país emergen de sus coches, de sus caravanas, se sirven café de los termos. Dejaron las puertas abiertas. Los radios encendidos producen un leve murmullo en el valle. Una tribu de hippies expulsados de Huautla desplegó sobre la hierba aún húmeda una gran cobija de lana y se tendieron bocarriba. Pensaban bajar directamente hasta Puerto Escondido para surfear, pero Miahuatlán los agarraba de camino, así que no podían dejar pasar la oportunidad. No muy lejos, estudiantes de la Facultad de Ciencias de

Guadalajara, un poco pretenciosos pese a las horas de viaje en autobús, fuman charlando sobre la relatividad mientras sus profesores despliegan telescopios. Los niños del lugar corren por todas partes, excitados. Entienden que algo va a pasar, pero no saben qué. Las viejitas en sus sillas plegables, con las agujas de tejer entre las manos para pasar el rato, los regañan en zapoteco cuando pasan cerca. También está la televisión —esto no sucede todos los días—, con un presentador conocido por sus programas sobre el espacio y los extraterrestres. El alcalde, frente a la cámara, dice que es un gran honor para su comunidad, aunque no es cosa suya, y luego sonríe como un tonto. Todo el mundo está listo.

Entonces comienza. Se oyen gritos de estupor y de emoción. Los adultos se volvieron niños de nuevo. Nos perdimos el primer segundo porque estábamos mirando el reloj, impacientes, porque mirábamos hacia otro lado, pero ahora, nos ponemos las gafas de cartón y vemos lo que esperábamos desde la mañana, el disco solar devorado poco a poco por la sombra de la luna que pasa por delante. El eclipse era visible desde hace algunas horas en el Pacífico, ahora cruza el istmo de Tehuantepec, atravesará el golfo de México y recorrerá la costa este de Estados Unidos para morir en el Atlántico Norte. Hay que hacerlo rápido, no queda mucho tiempo. El lugar terrestre donde el eclipse total será más largo es aquí, en Miahuatlán. Dos minutos y medio sin sol.

La luna lo hizo desaparecer a medias. La luz disminuyó sobre el valle. Una ancianita se persigna, algunos a su alrededor la imitan discretamente. Nos pasamos las gafas de cartón que dieron con el periódico o, en su defecto, las máscaras de soldador. Comentamos el avance de la luna como si habláramos de una pelota rodando por un campo, nos asombramos de que un astro pueda moverse tan rápido. En las casas, algunos se encerraron a cal y canto con sus niños para no exponerse a los temibles rayos negros. Otros cantan viejas nanas para tranquilizarse. Aquellos hacen el amor en sus casas mientras observan oscurecerse el cielo por la ventana, y en su rincón oculto en la hierba los hippies comienzan a desnudarse para tomar un baño de eclipse. Tienen a mano una bolsita de psilocibios secos que no fue fácil conseguir. En unos meses, el uso y el comercio de los hongos sagrados, y en general de cualquier sustancia alucinógena, estarán definitivamente prohibidos en todo el país.

Ahora el sol está negro, oculto, apenas ribeteado por su propia luz. La noche cae con el frío. En el horizonte se levanta una franja clara, parece que esté a punto de salir otro sol, pero desde todos lados, no solo desde el este. Los coches encienden los faros. Bajamos un poco el radio, ya no se habla mucho, el espectáculo impuso el silencio. Pasaron treinta segundos, aún quedan dos minutos. Salen dos o tres murciélagos, las arañas deshacen sus telas creyendo que es el final del día. Los perros aúllan, respondiéndose de un valle a otro. ¿Qué haría Psilocybe si fuera otoño? ¿Habría cerrado su sombrero, doblado el pie frente al astro desaparecido?

Aunque sabemos que esto va a terminar, no estamos del todo tranquilos. Es como un apocalipsis de prueba, un anticipo del fin del mundo. De repente, creemos ver un meteoro cerca del horizonte, nos emocionamos, nos decimos que se acabó la vida en la tierra, que nos lloverán bolas de fuego, nubes de langostas y demás, pero el meteoro no era más que un avión.

Y entonces, por fin, cuando ya no lo esperábamos, reaparece el sol. Gritamos, lo aclamamos como a un héroe, un campeón que sale victorioso. Nos abrazamos, como si hubiera podido ser de otro modo. Se acabó. Los murciélagos desorientados se van a dormir, las arañas desenrollan sus hilos, y también nosotros deberíamos volvernos, desenrollar nuestros hilos, pero durante un minuto, un segundo, creímos en la noche perpetua, así que tenemos que recomponernos, tomar un trago, hablar de ello sin parar.

En Huautla también salieron todos a mirar, y todos se estremecieron ante esa noche en pleno día, ante el silencio de los pájaros.

¿Y si Gordon Wasson estuviera allí, de vuelta para la ocasión? Nos lo imaginamos sentado en una silla en la calle, junto a María Sabina. Ahora que el sol volvió, se quitaron las gafas de cartón y fuman en silencio.

Los aztecas, para representar la palabra en sus frescos y códices, pintaban frente a las bocas abiertas una voluta. Como un bocadillo de cómic vacío, sin texto, que los arqueólogos llamaron «la vírgula de la palabra».

De vez en cuando, una nubecita de humo en espiral escapa de las bocas de María Sabina y Wasson. Desde lejos, se podría pensar que son dos personajes de un códice azteca. Uno pensaría que hablan el mismo idioma y por fin se entienden.

De hecho, parece que Wasson va a decirle algo. Deja el cigarro en el cenicero, se inclina hacia ella, pero no, nada. Se recuesta de nuevo, toma su cigarro y no dice nada.

Los niños se encaraman a las grandes setas de bronce, todavía brillantes por el aguacero que acaba de caer. Han quitado las hojas secas de la espalda del Conejo Blanco y posan con la mano sobre el hombro de Alicia. Sonríen de oreja a oreja como el Gato de Cheshire, y su madre frente a ellos presiona el disparador.

Masha Wasson, pensativa, observa la escena desde un banco en Central Park, no muy lejos de la Alicia en bronce. Acaba de salir del Museo Metropolitano. Fue a ver de nuevo la máscara-albatros de Nueva Guinea de la que tanto le hablaba su padre. En la bolsa, envueltos en un pañuelo de tela, un puñado de pequeños hongos cafés que recolectó en un rincón del parque. *Psilocybe wassonii*, está segura. Los reconoció de inmediato, como quien reconoce a unos primos lejanos.

El sol declina. Dentro de unos minutos, Masha volverá a su casa, se acostará en su cama y, despacio, se tragará las cinco parejas de psilocibios. En el tocadiscos, primero habrá puesto a Chaikovski. Para pensar en *Fantasía*, en la danza de los champiñones, en el aprendiz de brujo. Para pensar en Rusia, en su madre. Luego escuchará uno de los discos grabados por sus padres en Huautla. La voz frágil de María Sabina se elevará por la habitación, pronunciando palabras mazatecas desconocidas para Masha, modulando su extraña y triste melodía que dice: «Soy la mujer torbellino, nuestra señora de las alturas, mujer que da la luz, mujer aerolito, mujer libro, mujer justicia; porque tengo mi boca y nada más, soy mujer que busca, porque tengo mi boca, mujer torbellino, mujer arrancada, mujer arrancada».

Cuando el disco termine, afuera será noche cerrada.